L'AMANT DU LAC

Mise en page : Virginie Turcotte
Dessins et illustrations : Virginia Pésémapéo Bordeleau
Maquette de couverture : Étienne Bienvenu d'après un dessin de l'auteure.
Dépôt légal : 1ᵉ trimestre 2013
© Éditions Mémoire d'encrier

Catalogage avant publication de Bibliothèque et Archives nationales du Québec et Bibliothèque et Archives Canada
Pésémapéo Bordeleau, Virginia, 1951-
    L'amant du lac
    (Roman)
    ISBN 978-2-89712-048-1
    I. Titre.

PS8631.E797A62 2013   C843'.6   C2013-940138-5
PS9631.E797A62 2013

Nous reconnaissons, pour nos activités d'édition, l'aide financière du Gouvernement du Canada par l'entremise du Conseil des Arts du Canada et du Fonds du livre du Canada.

Nous reconnaissons également l'aide financière du Gouvernement du Québec par le Programme de crédit d'impôt pour l'édition de livres, Gestion Sodec.

L'auteure remercie le Conseil des arts et lettres du Québec et la Conférence régionale des élus de l'Abitibi-Témiscamingue qui ont rendu cet ouvrage possible.

Mémoire d'encrier
    1260, rue Bélanger, bureau 201
    Montréal, Québec,
    H2S 1H9
    Tél. : (514) 989-1491
    Téléc. : (514) 928-9217
    info@memoiredencrier.com
    www.memoiredencrier.com

Virginia Pésémapéo Bordeleau

L'AMANT DU LAC

Roman

MÉMOIRE D'ENCRIER

DU MÊME AUTEUR

De rouge et de blanc (poésie), Montréal, Mémoire d'encrier, 2012.

Ourse bleue (roman), Montréal, La pleine lune, 2007.

À Rodney

On boit parce que Dieu n'existe pas.
Quand on boit, il n'y a plus de problèmes.

Marguerite Duras

Vaut mieux vivre un seul jour comme un tigre,
que cent ans comme un mouton.

Proverbe chinois

Prologue

Il n'est pas aisé de communiquer le dit de l'amour chez l'Amérindienne. Notre mode de pensée est particulier. Nous n'avons pas le genre grammatical féminin/masculin dans notre langue. Comme Tomson Highway le disait lors d'une entrevue, nous devons spécifier si nous parlons d'une femme ou d'un homme. Difficile de partager ces différences dans la perception des rapports entre les cultures; difficile de se mettre dans la peau de l'autre et de le comprendre véritablement.

Ce roman est un roman d'amour entre une Algonquine et un métis, mais aussi d'amours de toutes sortes enchevêtrées dans l'histoire des premiers peuples. Une histoire où règnent violence et colère. Et surtout une histoire de plaisir des corps dans un monde qui n'a pas encore connu les pensionnats pour Autochtones et les abus multiples des religieux sur les enfants. C'est la raison pour laquelle j'ai choisi cette époque, avant le clivage des esprits chez les Amérindiens. Une époque où il était encore possible de vivre libre dans une nature vierge et grandiose, en Abitibi.

Il s'agit de dénouer les mailles des blessures – liées à la perte du territoire, perte du territoire intime, perte de l'identité, perte de l'identité individuelle et citoyenne, perte de l'identité sexuelle, perte du corps-jouissance, perte de l'innocence et de la simplicité des jeux de l'amour – que les abus des prêtres ont laissées sur nos corps et nos âmes. Ce roman existe, je le souhaite, afin de déterrer la graine de la joie enfouie dans notre culture, profondément vivante, échappée du brasier de l'anéantissement annoncé par la Loi sur les Indiens, mise en œuvre par les Oblats de Marie-Immaculée. *L'amant du lac* nous apprend que nous ne sommes pas que souffrance, que victimes : nous pouvons aussi être plaisir, exultation des corps, des cœurs. Amours.

Plusieurs personnages ont réellement existé et vécu les épisodes relatés. Le métis aurait pu être mon père ; amoureux, naïf, talentueux, téméraire et aventurier. La vieille Algonquine a été inspirée par ma mère, aussi généreuse qu'amère. Pierre-Arthur serait alors le grand-oncle et le manchot, un cousin par alliance.

Et l'Abitibi, pareille à son lac, belle et envoûtante. Le lac Abitibi demeure le personnage principal avec son droit de vie ou de mort sur ceux qui s'aventurent sur ses eaux, complice de la force de la vieille Zagkigan Ikwè et de la témérité du métis. Complice de la rencontre des chairs, des âmes et des cœurs qui s'enflamment.

1

– *Kitzi nibou!*

– *Kawin! Kitzi kiztaw!*

Les Algonquines pariaient sur la vie ou la mort de l'occupant du canot qui oscillait au large du lac, immense plan d'eau qui s'anime au moindre coup de vent. L'agitation se propageait telle une pierre plate projetée sur la crête des vagues, lorsque l'embarcation plongea et disparut derrière une lame de la hauteur d'un orignal adulte. Les femmes lançaient des cris aigus, excitées par la scène.

Le canot roulait sur une houle forte à le faire chavirer. Les eaux chargées de limon frappaient, encore et encore, la coque fragile, du flanc gauche au flanc droit sans répit. Elles la bousculaient avec des mouvements si désordonnés que l'homme songea à un troupeau de taureaux sauvages qui galoperait sous son corps meurtri juste au moment de la fin de sa vie. Des mots naquirent en son ventre plein d'angoisse emmêlée à ses gestes.

Un soupir   un dernier   sur ma défaite
Peu de temps m'aura été donné
Celui de dire   celui de trouver les routes
Qui mènent à soi   à l'autre là-bas
Que je ne connaîtrai pas...
Je ne suis qu'un souffle qui s'éteint

Des mots pour s'accrocher, pour accorder le hurlement du vent à sa vie, à l'espoir. Penser à la mort pour survivre, la mystifier, arracher ses dents imprimées dans la charpente en bois de son esquif alourdi par les fourrures. Une main engourdie par le froid et l'effort, crispée sur le manche du moteur tandis que l'autre écopait machinalement. Des mains habiles au maniement de la pagaie, des outils ; habiles aux travaux pour la survie de tous les jours, la chasse, la trappe, la pêche ; habiles, quand venait le temps de la tendresse et de l'amour... De belles mains longues aux veines ondoyantes sous une peau fine, transparente, brunie par la vie au grand air.

Il aimait ce lac. Le lac Abitibi. Il était né sur ses rives. Pourtant, ce lac allait le tuer, l'entraînait vers cette voie fatale où sa témérité l'emportait malgré lui. Ce lac qu'il avait parcouru, ses baies arrondies et riches d'abris de castors, de trous de loutres aux faciès souriants et au lustre doux, soyeux. Par les soirs d'hiver, dans sa cabane solitaire engloutie sous la neige, il se caressait avec cette fourrure qui lui rappelait le velouté de la chair de femme. Ce lac aux îles nombreuses, îles repères étalées sur des centaines de kilomètres, îles propices aux escales du nomade.

Il leva les yeux et vit les nuages se transformer en de gigantesques cavaliers grimpés sur des montures difformes dont les sabots fracassaient les vagues colossales qui ondulaient semblables à de monumentales croupes de géantes en copulation. L'horizon autour était un mur d'eau.

« Ce sera bientôt mon heure... »

Il était épuisé par la course vers le rivage de la partie québécoise du lac. Il laissait derrière lui, en Ontario, l'agent de la police montée chargé d'arrêter les braconniers en territoire algonquin. L'agent le talonnait depuis la veille, louvoyant entre les îles jusqu'à la nuit tombée. Le trappeur lui avait échappé au crépuscule, disparu dans la brume dansante sur les eaux noires aussitôt que le soleil avait sombré à l'ouest. Il ramait, se gardant de heurter le bord de son embarcation. Le silence éloignait le danger. L'échine parcourue de spasmes nerveux s'apaisa au fil des coups de pagaie. L'homme poursuivit son périple dans la nuit sous la lumière blême d'un quart de lune.

À l'aube, des nuages s'étaient accumulés derrière lui, accompagnés d'un vent humide empli de promesses de pluie. Le paravent des îles le protégeait, jusqu'au moment où il dut se résigner à affronter l'espace nu du lac.

Soudain son moteur eut des ratés ; le bruit le pétrifia. Peut-être l'eau s'était-elle infiltrée dans l'essence ? Il lâcha l'écope pour parer au danger, fit des manœuvres autour des manettes et des pistons, poussa le moteur à fond. Tant pis ! Le canot se propulsa au-dessus des vagues démontées. Alors, il vit le rivage et les femmes entourées d'enfants.

Puis vint l'accalmie. Sa coquille de toile et de bois cessa de ballotter. Il avait dépassé la zone ouverte aux grands vents, l'avancée profonde d'une presqu'île freinait la vélocité des bourrasques. Les arbres sur la pointe de terre penchaient et craquaient. L'esprit mauvais du lac se vengeait-il sur eux de la perte d'une proie ? L'homme éteignit le moteur. À peine des vaguelettes léchaient-elles le ventre de son canot.

De nouveau la musique des mots :

Grâce   on m'accorde une grâce
Sur mon âme   je suis béni
Voici le rivage inespéré   vers lequel ma vie
Se transporte   se rue   une résurrection

Il frissonnait, claquait des dents. Il serra les bras autour de sa poitrine afin de se réchauffer, se pencha vers ses genoux et se berça d'avant en arrière. Il priait. Un parfum de sève, sucré et frais, mêlé à celui de la vase flottait jusqu'à lui. Il ferma les yeux, distingua l'effluve des peupliers et des sapins qui se tordaient sous les rafales. Il écoutait le murmure de la forêt au-delà des craquements des branches, il entendait le souffle profond des sous-bois palpitants et le poids sur la mousse des pas des lièvres poursuivis par les lynx, les loups, les renards; le raclement des gorges asséchées des victimes et des prédateurs, le cri étouffé de la proie, les battements d'ailes des perdrix mâles juste avant l'accouplement, les gémissements de l'ourse dont les tétines se gonflent de lait pour la portée.

Il humait l'odeur de l'orignal en attente des femelles qui mettaient bas, décelait le clapotis du marais sous ses sabots par delà les collines plantureuses, dressées en sentinelles le long des vallées en contrebas. La cane a sous l'aisselle un duvet qu'elle ajoute à son nid. Elle barbotait, là-bas, entre deux rochers dans l'attente de son compagnon. Il sentait la vie, son battement, ivre de trop-plein, de richesse, de générosité. La terreur reculait lentement, camouflée par la vision de la nature en effervescence. La mort avait enroulé son étreinte de reptile à son haleine, il avait chancelé au bord du vide, de l'anéantissement, suspendu dans l'éternité pour un instant, mais il s'agissait d'un malentendu. Il était jeune. La poigne glaciale se relâcha sur son plexus et la quiétude prit sa place.

C'était le printemps.

Des lendemains m'attendent encore
Mon parcours sera vers le carrefour
De ceux qui resteront debout

Longtemps   dans la pleine mesure
De leur force et de leur joie

Un voilier d'outardes passait au-dessus de sa tête lorsque son canot effleura des pierres. Il saisit sa pagaie et remit son embarcation en eau sûre, se leva afin d'éviter d'autres pièges. Il accosta sur une plage de sable et salua d'un geste large du bras les Algonquines demeurées attentives à son arrivée.

– *KWÉ!*

L'homme souleva quelques ballots, vérifia l'étanchéité de l'emballage. Ces pelleteries valaient une année de salaire. Humides, elles allaient pourrir. Mais tout était en ordre.

2

Animées, les femmes se moquaient de Wabougouni, pâmée d'admiration devant l'exploit de l'inconnu.

– Qui que ce soit, je lui offre ma fleur odorante!

– Si c'est un Blanc, tu devras d'abord baigner
ta fleur! dit une vieille édentée. Il sent mauvais
sous les bras, mais avant de te servir, il rechigne
sur le parfum de ton entrejambe!

L'homme marchait vers elles, d'un pas
chaloupé encore imprégné du tumulte du lac.
Zagkigan Ikwè, la vieille, se pourléchait les lèvres.
Son œil perçant comme celui d'une corneille
happa le corps entier de l'arrivant, soupesa son
charisme. Il était beau, sang-mêlé en apparence
avec une peau cuivrée, des cheveux noirs, des
yeux bridés. Une branche de ses lunettes rondes
était retenue par du fil de laiton, un crayon dépas-
sait du dessus de son oreille droite. Sous les vêtements humides, elle devinait des muscles durs,
des articulations souples. Cependant l'attention du métis était centrée sur Wabougouni, sa

petite-fille vêtue d'une robe rouge fleurie; leurs regards s'agrippaient l'un à l'autre, un brandon dans le velours du bas-ventre, une palpitation dans la poitrine au souffle court. Il aima la hardiesse de son allure.

– *Awen kin?* demanda l'aînée.

L'homme hésitait. Comprenait-il leur langage?

– *Appittippi saghigan.*

Les femmes riaient. Il croyait que la question concernait sa provenance, alors que la vieille voulait connaître son nom. Il caressa la tête d'un enfant qui se déroba. Il titubait de fatigue. Une percée dans les nuages illumina le groupe, puis les masses noires se bousculèrent pour colmater l'éclaircie. La toile des tentes battait au vent et les jupes se plaquaient contre les jambes des Algonquines dont quelques-unes semblaient taillées en pierres de fées, ces sculptures naturelles, des concrétions calcaires aux formes gracieuses et rondes qui abondaient sur les grèves du lac Abitibi.

3

– *Pishan, Appittippi!* ajouta la vieille en l'invitant du geste à la suivre.

Elle le conviait à partager leur repas, un ragoût de castor, et à boire une tasse de thé. Les femmes s'attroupaient autour du chaudron suspendu au-dessus du feu de bois. La viande mijotait dans un bouillon relevé de racines coriaces. Le métis s'écrasa par terre, le dos appuyé contre le tronc d'un bouleau solitaire au milieu du campement. Wabougouni s'empressa de lui offrir une portion généreuse de castor dans une assiette de porcelaine blanche, sa plus belle. Il était captivé par la beauté de la jeune femme à l'abondante chevelure acajou qui trahissait une origine allochtone. Après quelques bouchées, sa tête dodelina et le plat s'échappa de ses mains.

Zagkigan Ikwè et sa petite-fille l'aidèrent à se relever et le dirigèrent vers l'abri de Wabougouni. Une femme cracha par terre à leur passage en leur décochant un œil méprisant, puis s'éloigna d'un pas rageur, suivie de quelques compagnes. Le métis aperçut une croix de bois à son cou.

Wabougouni et sa grand-mère pouffèrent en échangeant un regard complice. Elles poussèrent l'homme dans la tente puis attendirent à l'extérieur. Les nuées s'ouvrirent à cet instant en répandant leurs gouttelettes sur les robes de coton des femmes qui se dispersèrent vers les tentes en criant d'excitation sous la pluie froide qui traversait le tissu léger.

L'homme se déshabilla, jeta ses vêtements mouillés par terre à côté du lit de branches de sapin garni de couvertures de laine. L'endroit embaumait la résine. Il sortit de sa chemise un carnet détrempé qu'il ouvrit pour le mettre à sécher. Aussitôt étendu, il émit un ronflement sonore.

– Tu n'en tireras pas grand-chose! dit Zagkigan Ikwè, hilare, à sa petite-fille dépitée.

Cette femme était dure comme du granit. Rien ne semblait l'émouvoir, la vie passait sur elle sans y laisser de marques, insensible jusqu'à la nausée. Elle était laide, fripée, et des mèches grises flottaient au-dessus de son crâne à moitié dégarni, qu'elle cachait sous un fichu. Pourtant, elle avait été belle en dedans et en dehors. Si belle que le clan l'avait surnommée Waseshkun, Éclaircie, car elle illuminait les jours de ses parents par son

22

humour et la finesse de son caractère. Elle avait été promise au futur jeune chef de la bande.

Un jour, l'année de ses seize ans, alors qu'elle était seule au campement de sa famille, une Robe noire arriva par le lac et s'arrêta sous prétexte d'un moment de repos, la tête auréolée de feu sous la lumière du soleil. Son guide amérindien s'éloigna pour piéger des perdrix sur la piste. Le prêtre renversa la jeune fille, sans ménagement. Elle cria et griffa à se casser les ongles, mais l'homme retroussa sa jupe et arracha sa culotte. Il était grand, bâti pareil à un ours dans la force de l'âge. Il sentait mauvais de partout : de l'haleine, du bas du corps, des aisselles. Et c'est dans cette odeur répugnante que Waseshkun perdit la grâce, la joie de vivre et le sourire, dans la déchirure de son corps, empalé par une monstrueuse verge qui n'en finissait plus de la labourer, de la briser jusqu'à la nuque, car il tentait en même temps de lui rompre le cou, pris dans le tourbillon d'une jouissance perverse. Quand, enfin, il la lâcha, Waseshkun se réfugia sous la tente, sous la fourrure de son lit. Elle avait froid, le sang suintait entre ses jambes. Le guide l'appela à son retour, elle ne répondit pas. Le visage poupin du missionnaire avait un air alangui qui ne trompait pas ; la tension familiale en était effacée. L'Amérindien suivit la Robe noire vers le canot.

Le sang continuant à couler de sa blessure, Waseshkun rampa hors de son abri, se traîna vers le lac. Les yeux secs, elle respirait avec peine. Puis, elle se releva, marcha dans l'eau et se dirigea vers les profondeurs. Le froid la saisit et calma la brûlure, elle glissa sur des pierres rondes et visqueuses, tomba. Elle but la tasse, s'étouffa, se remit debout en crachant. Alors, elle hurla.

Le corps penché, les bras autour de son ventre, les cheveux humides couvrant sa figure, la bouche ouverte, les yeux sur les eaux lisses, très calmes. Elle hurla. Un cri si sauvage et si déchirant que toute la forêt se tut. Le silence des oiseaux englobait la stupeur des esprits des bois, car la magie de Waseshkun venait de tourner au noir. Les vents contraires se rassemblèrent autour d'elle, se jetèrent sur la surface du lac, hélèrent les nuages qui apparurent par grappes des quatre directions. Waseshkun hurlait toujours.

Le canot des deux hommes tanguait, un point minuscule sur la vastitude. La houle enfla, grossit, frappa la jeune fille de plein fouet, mais elle tenait bon sur ses jambes raidies par la démesure de sa douleur, de sa rage et de son chagrin. Les vagues roulaient sur elle, de plus en plus fortes, et quand elles l'engloutirent, elle cessa de crier. Elles la poussèrent vers la rive, la tapèrent dans le dos, l'obligeant malgré elle à retourner sur la terre ferme ; même si elle se laissait couler, elle flottait à la surface comme un bout de bois mort.

Au soleil des baies rouges, le corps gonflé du religieux émergea du lac Abitibi, le visage rogné par les poissons.

On ne retrouva pas le cadavre de l'Algonquin. La frayeur entra dans le cœur des hommes et des femmes chrétiens de la bande de Waseshkun. Qu'était-il arrivé ce jour-là ? Le guide était connu pour sa prudence et sa connaissance du lac Abitibi, des dangers liés à son étendue et à ses fonds.

Tous comprirent le drame lorsque la jeune fille cessa de se rendre à la loge des lunes comme les autres femmes au moment de leurs menstruations. Seuls ses parents savaient pour l'instant. Aussitôt sa grossesse devenue apparente, son fiancé la rejeta. L'enfant naquit au mois de *kakewidgikisis,* mois où les marmottes sortent des terriers pour humer la fin de l'hiver: une petite fille rousse qu'elle nomma Wabun, Aube, car elle arriva avec la lumière ténue du matin.

Alors l'écho reprit les rumeurs qui frappèrent les collines autour. On supposa que l'Indien avait délibérément noyé le père car il ne supportait plus de le savoir prédateur alors qu'il portait la croix de son Dieu. Que le lac, amoureux de Waseshkun, avait assouvi sa vengeance. Que Waseshkun elle-même avait jeté un sort à son violeur. Une aura de crainte mystique s'incrusta autour d'elle, car elle gardait une attitude fière et frondeuse devant les moqueries sur sa fille. Elle refusa le baptême pour son enfant lorsque le nouveau missionnaire arriva par le lac afin d'ondoyer les bébés nés dans l'année.

Les légendes naissent ainsi, dans le giron des histoires inventées pour raconter ce qui ne devrait pas exister. Des gestes dont même l'origine devrait être effacée.

Waseshkun devint Zagkigan Ikwè, la Femme du lac. Elle accepta d'épouser un homme d'un autre clan qui avait perdu un bras lors d'un accident de chasse. Elle suivit le manchot, son mari silencieux qui l'aima jusqu'à la fin.

– À trois bras, nous y arriverons! lui disait-il.

Cependant, la vie n'avait pas terminé de rompre de chagrin le corps et le cœur de Zagkigan Ikwè. La belle Wabun, sa fille, mourut d'une fièvre rapportée du village par les trappeurs, lorsque Wabougouni n'avait que deux ans. Beaucoup de gens succombèrent, tant chez les Blancs que chez les *Anishnabegs*. Le mari de Wabun trouva une occasion de se remarier rapidement. Sa nouvelle épouse ne voulait pas de l'enfant qui la répugnait par ses cheveux rouges et ses origines obscures. La femme portait une croix au cou, et pensait que le diable s'était emparé de la grand-mère pour abuser le pauvre missionnaire qui l'avait violée... et que ce n'était que justice si elle avait perdu sa fille.

Le manchot reporta sur Wabougouni l'amour profond et protecteur qu'il éprouvait pour sa fille défunte; personne ne pouvait toucher en paroles ni en gestes mauvais cette enfant dont la chevelure éclatait de mille feux.

Lorsqu'il décéda à son tour, le caractère ombrageux de la vieille Zagkigan Ikwè se transforma en rage constante. Il était le seul capable de l'amadouer de sa tendresse en tapissant sa vie de délicatesse et de constante sollicitude. Jamais il ne fit allusion au viol, s'extasiant devant la beauté solaire des femmes de sa vie.

– La chance du manchot! s'exclamait-il souvent.

4

Wabougouni ne dormait pas. Elle écoutait la respiration saccadée de sa grand-mère qui rêvait en drapant son corps maigre dans le coton épais de sa couverture, elle frappait sa couche de ses poings. Un autre cauchemar qu'elle oublierait à son réveil. Avait-elle agi sur les eaux du lac en faveur du jeune homme? Cet étranger avait-il un rôle à jouer dans sa vie à elle, Wabougouni? Cette femme, Zagkigan Ikwè, sa grand-mère, savait-elle? Sinon pourquoi lui donnait-elle le nom de son lac, *Appittippi*? Pourtant, elle avait un mari et portait son premier enfant. Son homme était encore vert, malgré les années qui les séparaient. Dans sa culture on se mariait avec celui qui était le meilleur pourvoyeur. Assurément elle ne manquait de rien. L'ancêtre de son mari était un Écossais qui tenait un comptoir d'échange pour la traite des fourrures ici, à la Pointe-aux-Pins, un excellent agent de liaison entre les Anglais et les Algonquins. Il avait épousé une des leurs. Frank McTavish avait demandé Wabougouni en mariage après la mort du mari de Zagkigan Ikwè afin de prendre soin d'elles. Mais son absence la laissait indifférente. Tous les trappeurs étaient partis depuis deux jours pour échanger leurs fourrures au comptoir de traite du village, celui de la pointe étant fermé depuis longtemps. Ils en profitaient pour passer chez un *bootlegger* qui leur vendait de l'alcool sous le manteau, car en tant que «pupilles» de l'État, la loi canadienne sur les Indiens leur interdisait d'en consommer. Déjà les missionnaires les menaçaient des feux de l'enfer pour les bacchanales qu'ils imaginaient avoir cours pendant l'ivresse de leurs ouailles. Les hommes riaient, car le prêtre buvait du vin, lors de la célébration de la messe. Le sens de l'humour des *Anishnabegs* pouvait être féroce, surtout quand il s'agissait de tourner en dérision le «cannibalisme» des Robes noires, qui mangeaient le corps et buvaient le sang de leur Sauveur, même si ce n'était que symboliquement! Ce pauvre Dieu n'était pas gâté par ses adorateurs! Déjà qu'ils l'avaient torturé et crucifié! Les trappeurs s'enivraient ainsi chaque année, parfois jusqu'à deux semaines, loin de leur famille. Ils croyaient que l'ivresse leur donnait de la clairvoyance. Car l'alcool remplaçait l'effet du jeûne lors de la quête de vision dont ils avaient dû abandonner la pratique jugée démoniaque par les missionnaires.

Le lac mugissait au-delà de la baie. Le sifflement continu du vent, la plainte langoureuse des bois que l'air pénétrait avec fracas exaspéraient Wabougouni. Son ventre brûlait d'un désir véhément depuis sa rencontre avec le métis. Il cognait dans ses veines, grimpait le long de ses jambes, palpitait dans la chair de ses cuisses pour se cramponner à son sexe comme une main de miel.

Sans bruit, elle quitta la vieille qui ronflait après sa bataille contre le dernier cauchemar. Elle sortit pieds nus, vêtue d'une robe de nuit en tartan qui frôlait ses chevilles. Libéré des nuages, le ciel scintillait d'étoiles et la lune croissante griffait le noir de ses pointes aiguisées. Sa tente se dressait à proximité de celle de sa grand-mère. En ouvrant le pan de toile de l'entrée, l'odeur de l'homme s'insinua dans ses narines, mêlée à celle des branches de sapins, un amalgame de foin d'odeur, de sel, de mousse et de fumet animal. Elle distinguait sa respiration malgré le claquement de la toile fouettée par le vent, qui gardait sa vigueur après l'arrêt de la pluie. Wabougouni était chez elle, connaissait la place des choses; elle alluma une chandelle. Elle s'assit à la tête de son invité. Elle le regarda, écouta son souffle serein qui lui soulevait la poitrine et le ventre, respira son léger parfum de sous-bois. L'envie de goûter à sa peau la tourmentait, la retournait dans sa partie moite et vibrante. Sa chair était happée par celle de l'homme qui semblait frémir sous le louvoiement de la flamme. La lumière blafarde dessinait les contours de son corps, appuyait sur les cavités, révélait des espaces intimes que le drap ne recouvrait pas. Il était nu. Ses cheveux bouclés roulaient en hauteur autour de son front qu'il avait large. Deux sillons creusés vers le bas dans l'espace entre ses sourcils trahissaient une habitude de contrariété ou de réflexion intense. Sur ses joues, juste sous ses pommettes, poussait une barbe qui contournait de son ombre la bouche aux lèvres ourlées, entrouvertes. Elle soupira.

« Il me ferait un bel enfant, si je n'étais pas déjà enceinte... »

Le métis ouvrit les yeux. Un éclair de surprise et de joie traversa son regard. Il sourit à la jeune femme, lui prit la main qu'il posa sur sa poitrine, au niveau du cœur juste sous sa tétine. Il avait la chair de poule, frissonnait sous le toucher tiède et délicat. Long avait été le temps passé sans corps de femme, sans la chaleur de la chair humide engloutissant son sexe. Il referma les yeux et se caressa lentement avec la paume, d'abord sur son torse, puis la remonta vers le cou, descendit vers son épaule, passa sur son flanc, flatta ses côtes saillantes malgré sa vigueur, atteignit le ventre doux et plat. Il s'arrêta, de nouveau ouvrit les yeux qu'il fixa sur Wabougouni. Elle avait le visage dévasté par le désir, respirait à petits coups comme un animal pris au piège. Ses lèvres gonflées brillaient et sa langue passait et repassait sur elles, les mouillait, asséchées à mesure par sa fièvre amoureuse. Alors l'homme porta la main vers son entrejambe, d'un geste si lent que la femme se mordit le poing, retenant le cri d'impatience qui piétinait dans sa bouche. Quand, enfin, elle le toucha, elle pressa ses doigts autour de lui et sentit une soie qui battait au rythme effréné du cœur du métis.

Wabougouni libéra sa main de la sienne et, dos à la chandelle, enleva sa robe de nuit. Elle enjamba le corps de l'homme. Son premier orgasme la secoua comme les arbres dehors sous le vent. Il effleura la poitrine, aima sa douceur, puis palpa le galbe des seins, les soupesa. Il ne comprenait pas le sens de cette rencontre, mais acceptait ce moment ; un intermède offert par la vie après la peur de mourir. L'amante était belle, magnifique de rondeurs et de creux au-dessus du bassin qui ondulait, telle une source autour d'un rocher. Elle était grande, aussi grande que lui, avec des chevilles et des poignets fins, une ossature délicate. Elle coulait sur lui tendre et vive en même temps, sinueuse, une algue dansante au fond du lac ; elle absorbait sa force ardente avec patience, avec dévouement, avec ferveur. Son visage était dans l'ombre, sa chevelure dansait sous les vagues de son mouvement. Ses hanches roulaient dans un sens puis dans l'autre, parfois elle s'appuyait sur son amant, ou elle levait les bras pour soulever ses cheveux et les rejeter vers l'arrière. Il respira son odeur fraîche pareille à celle de la pluie sur l'herbe au matin quand les rayons du soleil aspirent cette eau pour éponger la terre. La femme était une cavalière chevauchant le grondement des eaux qui couvrait les soupirs des amants ; le ressac de son sang la frappait dru, bruit mêlé à la voix de la forêt qui hululait, un chœur de chouettes éperdues et affolées.

Dans sa tente, la vieille sourit.

– *Egoudèh, n'skoumiss! Egoudèh!* (Ainsi, ma petite-fille! C'est ainsi!)

5

Lorsque Wabougouni se réveilla, l'aube soulignait à peine le contour des objets autour d'elle. Dans son cœur, un trouble étrange la précipitait dans une profonde agitation de joie et d'inquiétude à la fois. Quelque chose venait de changer, elle peinait à respirer calmement, un trou s'était creusé au milieu d'elle. Une mollesse, une chaleur inconnue, un poids disparu sous le corps de cet homme. Elle frémit au souvenir de la nuit. Il n'était plus là, mais ses vêtements traînaient encore autour du lit. Elle enfila une robe, se couvrit d'un lainage et partit à sa recherche.

La fraîcheur de l'herbe sous ses pieds la pénétra jusqu'à la nuque et hérissa son épiderme. En passant devant la pierre sacrée, un énorme roc déposé par les glaciers sur trois minuscules morceaux de granit, elle récita une prière au Grand-Esprit. Le ramage des oiseaux naissait derrière les collines et montait timidement vers la cime des arbres pour se perdre dans la brume diaphane qui s'effilochait et se dispersait sous un vent léger. Des clapotis provenaient du lac.

Le métis nageait dans l'onde froide du matin. Ses bras entraient dans l'eau puis en ressortaient en un rythme régulier, le battement de ses pieds le propulsait vers le large. Parfois, il plongeait et elle voyait ses jambes disparaître en laissant à peine une ride sur le lac. Cet homme aimait cette eau, et cette eau l'aimait. Pour l'instant, il lui faisait l'amour avec tout son être, glissait entier en elle qui, silencieuse, retenait ses clapotements, ses gargouillements de maîtresse en attente. Le corps ouvrait l'amante liquide, la pourfendait pour mieux la fouiller. Il retenait son souffle, puis au moment où il voyait rouge, d'un coup de jarret il remontait, la tête émergeait des eaux et alors, elles frémissaient, ondoyaient vers la rive et léchaient le sable en douceur. Wabougouni retourna à sa tente, pour y préparer un repas. Elle sépara une bannique qu'elle déposa dans une assiette avec des morceaux du castor de la veille. Son ami devait être affamé après cette baignade en eau glacée. La débâcle avait eu lieu seulement quelques semaines plus tôt. Il entra, grelottant, la queue ratatinée dans les poils de son pubis. Elle jeta une couverture de laine sur ses épaules et le frotta avec fermeté. Sa peau, plus pâle à partir du cou, rosit. Elle alluma un petit poêle en fonte installé en coin, du côté de la sortie. Elle mit de l'eau à bouillir. Il lui désigna le sac de thé en prononçant un mot qui sonna *tè* aux oreilles de la jeune femme. Elle comprit qu'il voulait apprendre son langage.

– *Nibishabou...*

Elle sortit et revint avec des feuilles d'aulne, vert tendre, à peine ouvertes.

– *Nibish,* dit-elle encore, en les lui tendant.

Puis, trempant les doigts dans un seau d'eau, elle ajouta :

– *Wabou...*

Il hocha la tête et dit :

– *Pigi n'kishkatoun...* (Je sais un peu...)

Puis il lui montra la viande de castor, la bannique, le sapin sous son corps, la couverture, le feu. Il retenait tous les mots : *amik wiass, poukashagan, mitik, iskoudè.* Cessant le jeu, il pointa la poitrine de la femme, le regard interrogateur.

– *Wabougouni,* dit-elle.

Elle retourna à l'extérieur et rapporta une fleur de pissenlit et une branche de merisier fleuri.

– Fleur, tu t'appelles Fleur. Et tu es si jolie. Moi, c'est Gabriel. *Gabriel,* répéta-t-il.

Son sexe se leva, tête chercheuse dirigée vers sa compagne. Il glissa une main, glacée par la baignade, sur la cuisse brune. Wabougouni frissonna. Les doigts s'attardèrent sur la douceur de la peau. Du velours doré. Puis ils explorèrent les dessous de la robe, fouillèrent sous le tissu. Le jour grisâtre atténua l'expression du visage de Wabougouni qui gardait les paupières baissées. Il toucha au duvet du mont de Vénus, descendit et inséra son pouce, délicatement, entre ses lèvres chaudes et mouillées. Elle gémit et se renversa sur le matelas de branchages, les jambes largement écartées. Le métis approcha son visage, il respira l'arôme épicé, sa langue lapa avec un bruit de succion les chairs rouge foncé, presque noires. Elle tressauta et se retira brusquement.

– *Egunen ka nustomin ?* cria-t-elle.

Ébahi, il plongea son regard dans celui de la jeune femme. Il crut qu'elle ne connaissait pas cette manière d'aimer. Une lueur malicieuse éclaira le visage de l'homme. Wabougouni ne voulait pas perdre cette occasion de ressentir encore la jouissance de la nuit. D'un geste brusque, elle retira sa robe, dévoilant la légère proéminence de sa grossesse. Le pénis du métis tomba, ramolli. Il fixait d'un œil insistant son ventre bombé.

Il n'avait pas réalisé qu'elle était enceinte et il n'avait jamais aimé une femme dans cet état.

Elle se demanda si, dans sa culture, s'unir à une femme enceinte d'un autre homme était tabou... Son besoin de lui était si fort qu'elle guida la main de Gabriel vers le doux renflement en murmurant : *Apinoudish...* Il glissa un doigt le long d'une veine bleue sous la peau transparente.

– *Apinoudish...*

Il répéta après elle. Puis il caressa son visage, les joues creusées sous des pommettes saillantes, le nez droit sur des lèvres si foncées qu'elles rappelaient les cerises mûres dont raffolaient les oiseaux. Elle avait un menton fort, carré, donnant à sa figure une austérité adoucie par des yeux noirs veloutés, étirés vers les tempes, qui brillaient d'une vive perspicacité. Il songea que si elle avait su lire, elle aurait une curiosité aiguisée pour le savoir. Il se demanda s'il pourrait partager la vie de cette femme étrangère à son monde et à sa culture. Gabriel se sentait troublé par l'attraction qui soudait son corps au sien. Le langage des mains exprimait davantage que leur pauvre vocabulaire qu'ils enrichissaient par des gestes et des regards complices. De nouveau, elle s'amusa avec lui, énuméra des mots étranges en touchant les parties de son corps : tête, yeux, bouche, nez, seins, épaules, bras, jambes, fesses, sexe. Parfois elle se moquait de ses tentatives, mais il insistait jusqu'à ce qu'il ait maîtrisé la prononciation.

Ils se taquinèrent un long moment, elle riait avec un charme enfantin. Puis elle osa un geste inconvenant dans sa tradition : elle se pencha vers le pénis et l'inséra, avec sa main, entre ses lèvres. La délicatesse de sa texture la surprit. Il la saisit par la tête et guida son mouvement de haut en bas, il geignit avec volupté, sa semence dans la bouche de Wabougouni. Après un court instant, Gabriel la poussa sur le dos en ronronnant des mots tendres.

Je t'ai cueillie   mais tu restes entière
non entamée
Entière dans l'enveloppement de ta beauté
Je m'ensablerais à vouloir me prolonger en toi

Je ne peux...
Un enfant pousse en toi   grandit   me repousse
Ô toi   ma Fleur   mon humus charnel et flamboyant

Béate, elle accepta la bouche qui embrassait ses bouts de doigts, la paume si sensible aux caresses. Il remonta le long du bras doucement en s'attardant dans le pli du coude et à l'aisselle imberbe. Il aimait son cou allongé, gracieux quand elle penchait la tête pour appeler ses baisers. Somptueux, les cheveux légèrement ondulés, épandus sur le bleu de la couverture, se mariaient subtilement à sa carnation cuivrée. Gabriel passait et repassait la main sur son dos, puis il la lécha et la bécota en insistant derrière la zone de feu des genoux. Elle n'était plus Wabougouni, elle était la déesse de la joie. Totalement offerte, elle découvrait sur son corps des plages de soleil dont elle ne soupçonnait pas l'existence. Quand il appliqua les lèvres sur la mousse fauve, Wabougouni hurla, inconsciente de la levée du jour et de ses compagnes sorties du sommeil. Un éclat de rire général la ramena à la réalité.

6

La vieille était debout avant l'aurore pour cueillir des herbes médicinales. Elle devait les récolter fraîches avec la rosée dedans, une eau pure venue d'en haut, l'espace de l'aigle sacré.

Elle était accroupie pour uriner quand elle avait senti le passage de l'étranger, il posait les pieds sur la terre comme le chasseur va à la rencontre de la bête s'offrant d'elle-même en sacrifice, un pas plein de silence et de savoir. Elle vit qu'il était nu. Qu'il était tel qu'elle l'avait imaginé sous ses vêtements humides. Elle le vit avancer vers le lac sans peur, sans hésitation, se jeter dedans tête première, les bras tendus, puis disparaître.

Elle attendit qu'il remonte puis elle revint à son abri pour continuer sa besogne du jour. La lumière ténue lui suffisait pour poser ces gestes millénaires, ceux de sa mère, de sa grand-mère, de toutes les femmes de sa lignée de guérisseuses. Des gerbes de thé du Labrador pendaient au-dessus d'elle, liées à la perche centrale de la tente. Les propriétés calmantes de ses feuilles aidaient les femmes lorsqu'elles accouchaient.

Des paniers en écorce alignés le long des parois dépassaient des vêtements de coton coloré et de cuir. L'odeur de fumée était prenante, la peau d'orignal était mise à dorer sous un feu de bois mort. Elle prenait une teinte de rouille, de feuilles de tremble à l'automne lorsqu'elles s'apprêtent à quitter l'arbre pour voltiger dans le vent et se coucher en terre pour la nourrir.

Zagkigan Ikwè perçut le mouvement de sa petite-fille quittant sa tente pour retrouver l'homme. Elle écrasait l'herbe avec une pierre ronde  sur une plaque de granit, mêlait son rituel de prières et de sons issus de ses entrailles. Un chant guttural pareil au vent quand il s'engouffrait dans la vallée par la forêt de grands pins. Ils étaient majestueux, debout depuis des siècles sur cette pointe que ses ancêtres avaient adoptée, le lieu de campement d'été, pour la saison des amours, des mûres et des fleurs... Une angoisse la prenait lorsque ses visions montraient cette presqu'île nue et vide. Ces Blancs coupaient, coupaient en forcenés ces arbres qui lui parlaient, à elle, qui lui racontaient par les racines les humeurs de la terre, ils lui disaient que leur tour viendrait, abattus, dépecés, transportés ailleurs. Que leur heure allait sonner, à eux, les derniers habitants libres de ces régions, qu'ils allaient être parqués dans des espaces réduits comme ceux du sud. Autrefois des ennemis féroces, les *Nodaways*, montaient vers le nord pour tuer les hommes et prendre leurs fourrures. Ils travaillaient pour les Blancs les plus forts, qui payaient en fusils et en eau de feu. Aujourd'hui, ces guerriers vivaient dans des «réserves». Leur alliance était émoussée et leur gloire noyée dans la nouvelle culture.

La vieille savait, se doutait que les territoires de son peuple seraient réduits en peau de chagrin, morcelés par ces nouveaux arrivants avides d'espace et de l'or de la terre. Ses ancêtres marchaient depuis des siècles sur des sentiers ouverts très loin vers le couchant et très loin vers le levant. Ils occupaient les rives du grand fleuve au sud jusqu'à ce qu'ils soient repoussés vers le nord par les conquérants et leurs alliés les *Nodaways*. Elle savait qu'ils avaient guerroyé entre eux, les *Mitikgoujis* et les *Shaguenashs*, chacun avec leurs alliés autochtones. Le temps avait passé, une autre histoire s'était couchée sur la leur, celle de son peuple. Sur ce nouveau pays, la construction d'un barrage dans l'autre partie du lac, en Ontario, avait inondé les habitats des animaux à fourrure. Le comptoir de traite de l'ancêtre McTavish fut abandonné au profit de celui situé au village de Gabriel. Le monde de la vieille femme se transformait, la marche du temps, inexorable, effaçait lentement son mode de vie. Sa mémoire gardait le souvenir de leur accueil envers ces gens barbus, à la peau pâle, lorsqu'ils étaient arrivés sur leurs immenses bateaux. Le territoire était illimité, riche d'animaux et de forêts. Les hommes rouges étaient libres de leurs corps, les femmes aussi. Par curiosité, elles avaient ouvert les cuisses pour ces mâles en rut, affolés de rencontrer des femmes en ces terres sauvages. Plusieurs avaient choisi de vivre parmi eux, les «primitifs», afin de respirer la liberté qui caractérisait son peuple. Puis les missionnaires, après des siècles d'acharnement, avaient réussi à implanter leur foi dans le cœur des *Anishnabegs*... Ces Robes noires qui reniaient le plaisir des corps, avec leur religion dressée en croyance unique et universelle, en créant un clivage dans leur esprit. Introduire le sens du mal avait été leur plus grande victoire, à ces damnés de l'amour. Et combien d'entre eux devaient cracher sur leur promesse de chasteté comme ce *koukoudji* qui l'avait engrossée dans la violence? Car l'appel de la vie est plus fort que la volonté des hommes. Jamais elle ne renierait ses connaissances et ses croyances qualifiées de «païennes» par ces voleurs d'âmes.

À présent, tout était inversé. Pour survivre, ils devaient accepter d'aller vers les Blancs, car c'était ainsi. Quand viendrait le temps où elle et Frank ne seraient plus là, Wabougouni et l'enfant auraient à affronter seules l'avenir. La vieille voulait que le jeune Gabriel soit celui qui les protège de la solitude. Car elles étaient uniques de leur sorte. Zagkigan Ikwè savait que son intransigeance avait sapé les liens fragiles de sa petite-fille avec le clan. Connaissant le cœur des hommes, elle se méfiait du traitement qui lui serait réservé après son départ pour les plaines du Grand-Esprit. Les Autochtones chrétiens étaient rigides, ils avaient rejeté ou oublié l'ouverture de cœur de la tradition naturelle, teintée d'animisme et de respect envers toute vie. Ils continuaient toutefois à avoir recours à ses services comme sage-femme ou guérisseuse maîtrisant le pouvoir des herbes.

Les missionnaires parlaient leur langage, elle avait écouté les leçons de catéchisme données au cours des étés au campement, seule saison où toute la bande était réunie au même endroit. Ils parlaient de leur Dieu fait homme qui guérissait en imposant les mains. Homme-dieu qu'ils ont sacrifié, cloué sur une croix... Ce qu'ils ont retenu, c'est le supplice, pas le pouvoir de guérir... Étrange religion, dont les bases sont érigées sur la souffrance et non sur la joie. Zagkigan Ikwè savait, et sans croire qu'elle fut une déesse, ses mains diffusaient une chaleur bienfaisante, douce ou forte selon les besoins. Elle transmettait tout son savoir à Wabougouni. Si les membres du clan avaient besoin d'elle et lui accordaient le même respect craintif qu'à elle, Zagkigan Ikwè, la jeune femme pourrait continuer à vivre parmi eux.

Elle écoutait ses plaintes amoureuses, les mettait dans son giron, au plus près de son cœur, les goûtait en pensant aux fraises des printemps généreux. Elle poursuivit ses incantations.

Egoudèh, egoudèh, n'skoumiss...

Ainsi, va ainsi, ma petite-fille... Aime, sois aimée par la beauté, vibre par les fibres de ton corps, par la jeunesse des corps, sois bénie, toi ma bien-aimée! Sois aimée par cet homme que le lac aime. Cet Appittippi, pur et droit comme les pins sur nos terres, tu sauras ce qu'est le plaisir qui monte des profondeurs de la chair, qui s'enroule en ton ventre comme une algue autour de la pagaie, qui se déchire, qui se répand pour poursuivre son chemin au-delà des courants où se jettent les poissons les plus rapides. Sois celle que l'amour conduira jusqu'au fleuve de l'oubli... sois celle qui arrachera de notre lignée le noir souvenir de cet homme dont tu portes la couleur sur tes cheveux, qui me rappellent chaque jour la mort de mon désir et de ma beauté. Transpose en l'enfant que tu portes le désir, le goût de vivre, de sourire, de rire, de jouir! Car ce sera une fille.

Egoudèh, n'skoumiss, egoudèh!

7

PIN GRIS

Wabougouni salua des bras les outardes qui balayaient le ciel de leurs ailes feutrées. Leur passage traçait des pointes de flèches dirigées vers le nord. Elles s'enfonçaient dans le bleu du ciel, survolaient le lac en criant de la gorge, disparaissaient dans la lumière au-delà des nuages ronds et charnus. Pour l'instant, Wabougouni était heureuse, ne voulait pas voir plus loin, voir demain, ne pas entendre les hululements sur le lac annonçant le retour des trappeurs. Le retour de son mari.

Elle posa son regard velouté sur son amant qui fendait d'un grand élan des épaules les bûches pour le feu. Il était torse nu. Ses muscles roulaient sous l'épiderme mince. Les enfants, curieux, étaient attroupés autour et jacassaient entre eux en algonquin. Il les écoutait mine de rien, intériorisait le rythme de la langue, ses ondoiements ou sa course précipitée pleine de la lettre K, les Z, l'absence du R, ses arêtes aussi, ses criaillements de corbeau en colère. Les petits se chamaillaient.

Puis, malgré elle, les pensées de Wabougouni se dirigèrent vers les lendemains sans lui, quand son lit serait un désert, plein de son absence, de son silence, vide de ses mains, de sa bouche, de son sexe, de la plénitude de son corps. Sa joie se désintégra, tomba en miettes. À sa place, la peur, la perte, la douleur. Il était là depuis plusieurs jours, ne semblait pas empressé de partir, vivait leurs nuits dans le délire des sens et des mots. Il parlait, prenait des notes dans son carnet, demandait des précisions sur ses mots à elle, disait des phrases qu'elle reprenait pour corriger, ou pour apprendre. Parfois son regard sur elle devenait tendre et sa voix pleine de fièvre coulait, tel un filet d'eau dans la source, un galop du vent dans les feuilles, coup de l'aile du martin-pêcheur sur l'eau du lac. Elle ressentait le sens des mots sans les comprendre; ils la troublaient, hérissaient sa chair qui appelait le soyeux de ses caresses. Savait-elle qu'il lui soufflait des verbes pour l'envelopper de son désir?

Elle vit Zagkigan Ikwè, penchée à l'orée de la forêt de pins; elle devait ramasser des brindilles pour l'allumage de son feu. Elle marcha vers elle, s'accroupit contre un arbre. La vieille fit semblant qu'elle ne l'avait pas entendue arriver. Wabougouni pleurait, les larmes descendaient sur ses joues, elle les essuyait de sa manche de blouse, elle reniflait en avalant sa salive.

– *Kitzi majaw! Ni'kiniboun!* (Il va partir! Je mourrai!)

– *Ti nabem?!* (Et ton mari?!) dit la grand-mère.

– *Ni kin'sâw!* (Je le tuerai!)

Les épaules de la vieille tressautèrent. Un rire silencieux la secouait toute entière. La rocaille de sa voix lâcha:

– Tu ne peux tuer le père de ton petit.

La colère grimpa sur le corps de Wabougouni, la prit par la gorge, elle éructa:

– Pourtant, on dit que tu as fait mourir dans les eaux du lac celui qui t'a engrossée!

Elle avait souvent vu sa grand-mère en rage, bouillante de hargne, éclaboussant de ses mots durs son entourage. Mais jamais elle ne lui avait vu cet air d'extrême violence qui la défigurait. La jeune femme prit peur. Au même instant, le vent souffla, la crête des arbres bougea en bruissant, une pluie crépitant dans les feuilles. Les vagues se mirent aussi en mouvement, frappèrent les rochers bordant la grève, clappèrent sur la berge de plus en plus fort. Le lac rugit en soulevant des lames aussi grosses que des canots. Zagkigan Ikwè se déplia, vacilla sur ses jambes, mais se retint grâce à un bâton sur lequel elle s'appuya. Puis elle le leva dans les airs, au-dessus de Wabougouni. La béquille frappa le tronc du pin.

– Ne dis jamais plus ces paroles, ma fille! JAMAIS! Tu pleures parce qu'un homme t'a aimée! Qu'il t'a donné du plaisir!

Elle murmurait entre ses dents serrées en étau, les yeux pleins d'étincelles.

– Au contraire! Ris! Sois heureuse que le grand lac t'ait donné un homme pour la joie!

Sache que la jeunesse se perd rapidement, sache que ma jeunesse est morte sous l'homme auquel tu fais allusion, car il était de l'autre côté de la vie, celle de la mort, avec des gestes de la mort pour engendrer la vie! Cet étranger aux cheveux de feu, ce démon dont tu es issue! Il m'a enlevée à l'homme qui m'était destiné, celui que j'aimais depuis l'enfance! J'aurais pu tuer ta mère, boire la tisane amère pour provoquer la mort de la semence en moi. Laisser couler les eaux rouges de ma lune. Je m'en suis gardée, car j'étais avec la Vie, avec la force de la Terre, de la Mère! Si j'avais posé ce geste contre ta mère, j'aurais donné mon accord à celui de cet homme qui m'a retournée sans pitié! Je ne suis pas une tombe, jamais je ne le serai!

La haine de la vieille maillée à l'amour atteignit des proportions gigantesques. Elle tremblait de tous ses membres, gigotait, continuait de marmonner ces mots qu'elle gardait en elle depuis ce moment de rupture avec la joie. Wabougouni craignit une apoplexie ou que sa colère fasse une boule dans sa poitrine, l'étouffe, et que sa grand-mère la quitte pour les plaines du Grand-Esprit.

– *Koukoume! Koukoume! Egoudèh! Pountoun...*
(Grand-mère! Grand-Mère! C'est ainsi! Cesse...)

Elle rampa vers elle, entoura ses jambes de ses bras. Elles demeurèrent ainsi longtemps, la grand-mère debout, la petite-fille à genoux. Puis la vieille se baissa vers la jeune et s'assit par terre à côté d'elle sur les aiguilles de pin. Elle l'attira vers elle et Wabougouni posa la tête sur la cuisse décharnée, comme lorsqu'elle était petite et chagrinée. Zagkigan Ikwè enfouit ses doigts dans la tignasse rousse, qui flamboyait au soleil et qu'elle ne pouvait s'empêcher d'aimer, car elle faisait partie d'elle, de cette enfant si jolie et si vivante. Elle écouta la peine de sa petite-fille.

8

Alors que les deux femmes se réconciliaient, Gabriel, inconscient des remous autour de lui, continuait sa corvée, abattait des arbres secs, une manière de se rendre utile sur le campement. Il portait un pantalon maculé d'huile de moteur, retenu par des bretelles. L'égoïne tranchait le bois en une ligne régulière. Il parlait aux enfants avec des gestes drôles et des dessins dans l'air ou sur le sol.

Chaque nuit, il dormait avec Wabougouni, en butte aux regards de plus en plus hostiles des femmes de la communauté, dont la conjointe du chef, fière et distante envers le *Mitikgouji* qu'elle méprisait visiblement. L'apparente indifférence du jeune homme à son égard éraflait toutefois son orgueil. Elle ignorait qu'elle était sacrée pour le métis, dont la grand-mère abénaquise décrivait toujours les chefs de tribus comme dotés d'une grande noblesse, dignes de respect : il avait supposé qu'il en était ainsi du chef de cette bande qui n'aurait pas occupé cette fonction sinon.

Il réfléchissait, car malgré l'euphorie ressentie auprès de son amante, il songeait à repartir. Il savait qu'ils abusaient de la patience des femmes par leurs plaintes nocturnes. Il était, cependant, fasciné par leurs coutumes si différentes des siennes. Lilush, une amie de Wabougouni, nourrissait son bébé en enlevant le haut de sa robe, exposant sa poitrine au regard du jeune homme. Un geste si naturel qu'il en oubliait les valeurs pudiques des femmes de son milieu. Le mot algonquin pour nommer les seins et la mère était le même : *djoudjou*, avec l'ajout du *n* pour signifier l'appartenance : *n'djoudjou,* ma mère. Comment alors pouvait-il érotiser les scènes d'allaitement de Lilush ? Il se voyait adopter une nouvelle perception pour le rôle naturel des seins, qui était de nourrir l'enfant. Il s'étonnait de la liberté de Wabougouni, qui se donnait à lui suivant son désir malgré qu'elle fût liée à un autre homme. Elle partageait l'élan torride qui l'avait enflammé dès le premier regard. Gabriel vivait dans le moment présent. Il sentait bien qu'il était au creux d'une émotion semblable en sa force à celle qu'il avait ressentie à la mort de sa mère. Une déchirure. Wabougouni n'était pas la première amante, mais elle le marquait au plus secret de son être. Il tentait de cloîtrer ses sentiments dans le cercle de la raison.

Le passage d'une femme le ramena à son travail. Elle lui jeta un œil cinglant. Il avait constaté que seules les femmes qui portaient des croix au cou lui manifestaient de l'hostilité, même si elles semblaient craindre Zagkigan Ikwè. Il ne connaissait pas le fond de l'histoire, ni la haine que la vieille portait aux Robes noires.

Les hommes reviendraient bientôt. Ne sachant pas quelle serait leur réaction face à son long séjour parmi les femmes, il préférait ne pas les rencontrer. L'accueil et l'aide en cas de détresse étaient une tradition issue du fond des âges, en ce pays de grandes solitudes et d'hivers longs et froids. Toutefois, par prudence, il allait repartir.

«Demain, se dit-il, je pars!»

Il s'arrêta un moment, et marcha vers un cimetière, envahi par le foin, dont les stèles portaient des noms écossais. Des cris de détresse en provenance de la plage le sortirent de ses rêveries. Les femmes hurlaient:

– *Piéshish! Piéshish!*

Au-dessus de la clameur, la voix de la femme du chef l'appelait:

– *APPITTIPPI! APPITTIPPI! PISHAN! PIIISHAAANNNN!* (VIENS! VIIEEENS!)

En longues enjambées, Gabriel galopa vers le lac. Un garçon, accroché à un canot renversé au large, lui faisait des signes désespérés. Le métis poussa une embarcation au hasard et rama à grands coups vers l'enfant qu'il atteignit rapidement. Mais celui-ci remuait la tête et lui montrait les profondeurs en braillant:

– *Piéshish! Piéshish! N' tobim Piéshish!* (Va chercher Piéshish!)

– *Piéshish nibi'ka?* (Piéshish dans l'eau?) demanda le métis.

Le petit hocha la tête frénétiquement. L'homme comprit que son ami avait coulé. Il n'y avait pas de courant dans la baie, l'enfant devait être tout près ; il ramassa ses pensées, les rejeta pour faire le vide. Il enleva ses bottes, ses lunettes, aspira un grand coup et plongea. Il chercha d'abord sous les canots, puis tourna en cercles de plus en plus larges. Il retenait son souffle, espérait atteindre Piéshish avant de devoir remonter pour respirer. Il ouvrait grand les yeux, scrutait le fond, repoussant les algues noires qui lui bloquaient la vue. L'eau argileuse troublée par ses mouvements s'opacifiait, il désespérait de retrouver le petit, quand, soudain, sa main effleura le corps. Il enserra la poitrine étroite, remonta à la surface en fendant les eaux de ses jambes et de son bras libre, il nagea sur le dos en maintenant Piéshish sur son buste, rapide comme un castor au travail. Repérant une pierre plate qui affleurait, il y hissa l'enfant et sans prendre le temps d'y grimper lui-même, les pieds enfoncés dans la vase, il se pencha vers lui et souffla dans sa bouche.

54

Les cris des grenouilles crevaient çà et là le lourd silence des humains. Gabriel s'acharna. Son âme hurlait au petit de revenir à lui. Il revivait un drame survenu dix ans plus tôt devant le village où le lac avait emporté un ami d'enfance. Ils jouaient dans une chaloupe abîmée que le courant avait détournée avant de l'entraîner par les fonds avec le garçon. Après la mort de son ami, le cœur de Gabriel s'était enlisé longtemps dans le chagrin.

Les Algonquines, serrées les unes contre les autres sur la rive, retenaient leur respiration. Enfin, Piéshish geignit et recracha du liquide en toussant. Il gémit avant de verser des larmes de peur et de soulagement, accueillies par les rires nerveux des femmes et les sanglots de sa mère, la femme du chef. Elle avança à la rencontre du *Mitikgouji*, son fils accroché au cou de l'homme. Elle reçut le jeune corps dans ses bras ouverts, et offrit au métis son regard mouillé.

– *Kitzi migwètch...* (Merci beaucoup...) lui dit-elle.

Bouleversé, Gabriel tremblait de tout son être. L'horrible sentiment d'impuissance de tout à l'heure devant l'immobilité du petit s'était mué en un torrent de félicité et de gratitude envers la vie.

«Merci! pensa-t-il. Merci!»

Il ignorait à qui s'adressait cette reconnaissance, mais seul ce mot jaillissait en source impétueuse de ses entrailles. Il prolongea le contact des yeux avec la mère, humble et fier, puis monta dans un second canot afin de repêcher l'autre garçon et de récupérer les embarcations flottant dans la baie.

Wabougouni avait vu l'échange des regards, elle en ressentit une violente jalousie. Zagkigan Ikwè murmura:

– *Kin zagkigan nabèh! Appittippi zagkigan... tapishkoon nin tzignagouzin.* (Tu es l'homme du lac! Du lac Appittippi... tu m'es semblable.)

9

Une tempête grondait en Wabougouni. Le départ imminent du métis la retournait, la brisait, la mettait en état de confusion totale. Des émotions contraires la ravageaient; la passion enclavée dans son ventre charriait des remous de colère et d'amour confondus, elle voulait à la fois tuer et mourir. Elle ne l'empêcherait pas de partir, ne le pouvait pas, ne le devait pas. Toutefois l'envie de le frapper de ses mains la démangeait; imprimer sur sa peau sa douleur et son chagrin par ses griffes d'ourse blessée. Elle n'avait pas les mots pour lui dire sa détresse, les mots qui lui cloueraient son nom sur l'âme.

Seulement par les gestes, les yeux, l'envoûtante rencontre sur son lit nuit après nuit. Pourquoi les esprits des tempêtes et du lac avaient-ils propulsé ce métis vers sa rive? Pourquoi avait-il fallu qu'il soit ainsi, si différent et en même temps si pareil à elle? Ils étaient des sang-mêlé, acceptés avec réserve par leur communauté, leurs mères disparues trop tôt... Elle aurait aimé savoir comment il avait vécu ce deuil, qui lui avait servi de mère, comme Zagkigan Ikwè dans son cas. À peine avaient-ils appris quelques mots l'un de l'autre pour se connaître. Mais à quoi bon ? Leur rencontre s'arrêtait ici, demain il ne serait plus là. Elle reprendrait sa vie conjugale avec Frank, Gabriel retournerait dans son monde. *Egoudèh!* Ce serait ainsi !

Il dormait d'un sommeil paisible. Elle sombrait dans son tourment au cœur de la nuit, au cœur des bruits de respiration du monde des ténèbres. Un hibou hulula au loin dans le flanc des collines endormies, l'écho reprit son cri et le jeta vers l'immensité du lac qui balançait ses vagues dont le clapotis tapait sur la berge. Le vent s'engouffrait dans les fentes de la tente, secouait la toile, la faisait claquer sèchement, puis poursuivait sa route, sifflait à travers les branches des arbres, secouait les feuilles et se roulait dans la forêt en poussant des chuintements d'oiseau de nuit. Un animal, une mouffette peut-être, ou un porc-épic, passa en frôlant l'abri. La jeune femme soupira.

Pourtant, comme tout était serein !

Elle le sentait libre, cet homme, ce métis, avec ses mots pleins de lui-même. Il était libre en dedans grâce à ces sons qui emplissaient sa bouche et qu'il déclamait avec ferveur, extraits de son carnet comme des signes secrets et impénétrables. Lui-même, malgré sa présence chaude, demeurait une énigme, enveloppé dans un mystère insondable. Parfois dans le lit, nu, il regardait les papiers en parlant à voix basse. Elle avait l'intuition que si elle avait su déchiffrer les transcriptions, la lumière se lèverait sur lui ; elle prendrait ses mots couchés sur le papier, les glisserait entre ses dents d'abord, dans sa bouche ensuite, les tournerait sur sa langue, les avalerait avec sa salive. Ils la nourriraient de son essence à lui, la conforteraient de leur douceur, la remueraient de leur tendresse ; ils remonteraient de son sein et elle les lui redonnerait en baisers sauvages et fougueux. Parfois il sortait de son sac une petite bouteille d'eau noire et un bâton auquel il ajoutait une pointe. De l'encre de chine. Puis il traçait des lignes à main levée, sans hésiter. Elle voulait savoir.

Il lui avait parlé, avec les mots appris d'elle, d'une guerre en ces pays lointains, au-delà des mers d'où son peuple était originaire, le peuple à peau blanche ; lui avait dit qu'il devait se battre, aller là-bas, traverser l'immense étendue d'eau salée. Que son gouvernement l'exigeait... *kitzi Ogima.*

– *Nin' kamigazou!* (Je vais me battre !) avait-il dit.

Elle ignorait les raisons de cette guerre, elle savait seulement qu'il allait y participer, car il avait l'âge maintenant pour la faire. Qu'il allait mourir peut-être. Ne savait pas. Pourtant, il avait aussi de son sang, le sang du peuple rouge, alors pourquoi prendre la défense du Blanc ? Elle mit le feu à la mèche de la chandelle et feuilleta les carnets de son amant. Il n'y avait pas que des signes de son langage, mais aussi des images de femmes inconnues, dont celle d'une jeune fille aux cheveux pâles. Elle tourna les pages et elle se vit, elle dans sa nudité rieuse, endormie dans ses cheveux ou faisant sa toilette du matin ; elle avec son air attristé quand, la veille, il avait dit : *Waboun, nin k'ni majan'*... Demain matin, je partirai... Puis des images du campement, de la roche sacrée, d'outardes, de canards en vol, d'ours, des îles, du lac et même de sa grand-mère assise par terre à cuisiner, des femmes du camp, les enfants, les grands-mères qui le regardaient d'un air méfiant, Ikwè Ka Niba, la Femme qui dort, car elle s'étendait souvent pour faire une sieste, là où elle était, ici à côté de son drap mis à sécher

sur l'herbe. Encore elle, Wabougouni à préparer la bannique, sa tante qui tressait la babiche d'une raquette, le jeune Piéshish sortant du tipi, enfant à qui il avait redonné le souffle par sa bouche, puis encore le même qui jouait, concentré. Ou encore, cette petite fille que sa mère habillait en garçon, mais sans visage. Étrange. Que signifiait cette image pour le métis ? Elle retourna vers les dessins des bêtes : elles vivaient, l'homme les avait prises dans son regard, les avait immobilisées, et transposées sur le cahier. Prodige !

Elle continua à tourner les pages. Une image hachée de traits durs, syncopés, emmêlés, trahissant une nature orageuse : il avait saisi la colère de Zagkigan Ikwè pour l'exprimer sur la feuille. Mais aussi des lignes à peine appuyées pour représenter la vieille Makie aux yeux noirs, profonds, doux et tristes, ou pour son amie Lilush à la maternité heureuse, allaitant son bébé, puis déposant un baiser sur son front, avec du velouté autour comme s'il n'osait pas peser sur le bout de bois, la main n'osant pas presser trop fort sur la tendresse. La réalité capturée en des esquisses habiles. Elle déroula le papier brun dans lequel la dame du magasin général emballait les achats des Algonquines quand elles passaient avec leurs maris avant le départ vers les territoires de chasse à l'automne. Encore des visages de femmes du camp prenant vie sur le papier grâce à la magie de l'eau noire.

Cet homme portait la féerie dans ses mains. Elle se rappela ce geste familier qu'il avait, son couteau enlevant par petits copeaux le bois du crayon avec lequel il traçait ces lignes sur le papier. Alors elle l'aima intensément, les signes entrèrent en elle. Une bénédiction, une grâce nourrissante l'incendia. Elle souffla sur la flamme. Elle prit la main de Gabriel, la baisa. Puis elle alla vers lui, s'étendit à ses côtés, l'embrassa délicatement sur les lèvres. Elle flatta de ses paumes le corps endormi, ressentit la dureté des muscles, l'arête des côtes saillantes, le satiné du ventre. Le métis remua, répondit aux caresses de la femme, referma ses bras autour d'elle. Elle posa sa bouche près de la clavicule, dans le creux tendre et mou, y mit la langue, fourragea jusqu'à ce qu'il soit entièrement là, avec elle, dans le présent et la plénitude de l'amour.

Il la repoussa et lui demanda de la lumière. Elle tâtonna, saisit la chandelle au pied de leur couche, craqua une allumette, l'approcha de la mèche qui flamba aussitôt. Sa silhouette se projetait sur la toile de la tente, ses gestes dansant sur la surface mouvante au gré du vent. Elle se tourna vers l'homme, il avança la main pour l'attirer doucement vers lui tout en se relevant pour s'asseoir. Il la souleva par les fesses et la cala contre lui, ses jambes enroulées autour de son bassin; ils étaient face à face. Il l'entoura de ses bras, elle fit de même. Il appuya sa tête sur son épaule et la berça. Un hibou hululait au creux des bois, chassant sans doute une petite bête nocturne.

Elle ressentit alors une si profonde tendresse émanant de lui qu'elle se donna le droit de pleurer, ce qu'elle n'avait jamais osé faire devant un homme. Il chantonna un air qu'elle ne connaissait pas, une berceuse de sa culture.

Il y a longtemps que je t'aime,
Jamais je ne t'oublierai...

Gabriel caressait ses cheveux, les doigts peignant la masse lustrée sous la pâle lumière, lissant leur chatoiement mêlé d'ombres. Il murmura :

– Comment parle-t-on d'amour dans ta langue, Wabougouni? Comment dit-on: « Tu me manqueras » ?

Sa voix grave la remua dans l'espace sacré de son être, elle devina qu'il lui avouait des sentiments qu'elle espérait sans y croire. Elle baigna dans cette fulgurante émotion qui explosait en elle et l'emplissait d'un bonheur si authentique qu'elle releva la tête pour abandonner son regard humide à Gabriel. Il embrassa les larmes, les essuya de ses pouces. Elle mit sa main sur son cœur puis la posa sur le sien en disant:

– *T'zaghidden...* (Je t'aime...)

Il répéta:

– *T'zaghidden...* Je te ferais la tendresse et l'amour tour à tour, toi ma splendide, ma belle des bois que je n'oublierai jamais...

Leurs yeux demeurèrent unis, les eaux s'en écoulaient en un filet continu pour elle, en une source intime pour lui, transmuant sa force en déroute.

Il était ancré en elle et bougeait à peine. Le plaisir germait lentement dans le ventre de Wabougouni, une chaleur enveloppante se répandait dans tout son corps. Le métis respirait dans son cou, son souffle chaud sur sa chair l'enrobait d'une langueur fiévreuse. Leurs bouches se scellèrent en un baiser doux, sans effusion, chacun goûtant la soie des lèvres de l'autre, la fraîcheur pour Gabriel, le feu pour Wabougouni.

Puis la passion les arrima de nouveau et il la renversa sur le lit. Elle tanguait sous ses poussées qui la déliaient, l'ouvraient chaque fois, et la transportaient vers des continents lumineux, des rives où l'éclat du soleil n'arrivait pas à éclipser sa force, son élan de mâle qui la subjuguait, la traversait, la liquéfiait dans sa rivière chaude et grosse de ses gémissements. Elle était cramponnée à lui et mordillait ses tétins érigés, quand un violent orgasme la propulsa en arrière, sa tête hors de la couche cogna sur le sol parsemé de sapinage odorant. Il se pencha vers elle, posa sa bouche sur son oreille en accélérant son mouvement de hanches à l'intérieur d'elle. Il émit un long bramement, qui entra en Wabougouni, plus déchirant qu'une plainte d'animal aux abois. Le lac était étrangement silencieux, dans cette nuit où les adieux s'inscrivaient en une fatalité aveugle.

10

Le métis griffonnait dans le carnet, il était prêt pour le retour vers son village. Ému malgré ses raisonnements, il devait jeter les mots, les derniers nés d'elle, sa belle sauvage rousse.

Je suis un homme aux mouvements liquides
Une rivière qui se couche en cherchant un
nouveau lit   chaque nuit
Je cours vers le fleuve   là-haut   loin vers le
nord
Derrière la ligne de partage des eaux...
Les amours   comme des bois morts
me griffent le dos
Je dois poursuivre ma vie d'eau   car même
si tu me bois
Que tu m'as bu
Je m'échapperai encore et encore...

Il crut les verbes asséchés, la main poursuivit son chemin sur les feuilles écornées, retroussées par tant de manipulations.

Tu auras été mon phalène   mon papillon
de feu

Brillant au milieu de mes crépuscules
Envoûtant de mystère et de liberté du geste
Toi la beauté   toi la fille de la forêt
À la toison rouge   à la peau couleur de terre
Porteuse à jamais de mon éblouissement
Enfoui en ton ventre doux et affamé de joie…

Il glissa le calepin dans la poche de sa chemise et le crayon à sa place habituelle, au-dessus de son oreille. Il se retourna pour saluer les Algonquines. Wabougouni était absente. Il marcha dans l'eau, mit ses bottes dans le fond de l'embarcation, la tira vers le large et au dernier moment grimpa en y mettant le poids de son corps. Il pagaya jusqu'au bout de la presqu'île, et quand il la contourna il vit la jeune femme debout sur un rocher, vêtue de sa robe rouge fleurie. Elle était comme à la première rencontre, quelques jours à peine plus tôt, rutilante sur le vert des feuillages, des talus. Le cœur en désarroi, il hésita, pensa aborder pour lui faire l'amour une dernière fois… mais à quoi bon?

Le désir d'elle le taraudait, il serra fort le bord de son canot. Ils demeurèrent ainsi, un long moment, à se regarder. Il voyait son visage, devinait les larmes, pourtant elle souriait. Le vent commençait à souffler plus fort, les vagues grossissaient. Il entendit un cri dans la forêt derrière elle, un gémissement, le bruit d'un arbre qui se frottait sur un autre.

Il s'imprégna de son image, sentit une eau invisible couler en lui, par une faille tectonique d'où s'échappait une douleur si imprévue qu'il cessa de respirer quelques secondes. Il devait partir maintenant. Une urgence. Il leva le bras haut dans les airs, la salua. Il enclencha le moteur, mit plein gaz et fonça sur le lac en direction de la rivière Attigameg dont un affluent traversait le village. Il eut l'horrible impression de fuir, de perdre quelque chose qu'il ne retrouverait jamais. Le sentiment d'être pleinement vivant.

11

La vieille toucha l'épaule de Wabougouni, maintint là sa main et accompagna le regard de sa petite-fille qui suivait le canot et ses mouvements dans la houle, de plus en plus loin, de plus en plus minuscule. Elle sentait une fêlure s'élargir à l'intérieur de la jeune femme, descendre le long du dos, remonter par son entrejambe, poursuivre sa route vers son ventre et sa poitrine. Elle mit une paume à plat sur son cœur et l'autre dans son dos. Elle chanta d'une voix douce, inhabituelle, une mélopée venue de l'enfance de Wabougouni. Une chaleur intense émanait de ses mains, ouvrait la boule dure qui obstruait la gorge de sa Fleur, sa bien-aimée. Elles pleurèrent, la vieille sur la peine de sa petite-fille, la jeune sur son premier amour.

– *Oh! Koukoume, koukoume... tcègon mâ?* (Oh! Grand-mère, grand-mère... pourquoi ceci?)

Elles s'accroupirent et la vieille berça la jeune dans ses bras osseux avec une tendresse désolée.

– Je ne sais, ma Fleur, ma jolie... je ne sais. Peut-être pour t'ouvrir le cœur, pour le rôle de guérisseuse que tu devras assumer à ton tour. Car je suis âgée, tu le sais, et je partirai un jour, bientôt peut-être. Tu connais déjà beaucoup de choses sur les herbes et les touchers pour guérir, mais tu es jeune, tu dois faire et faire encore pour parfaire tes connaissances. Je sens les années me presser les os, me casser le dos lorsque je me penche vers le sol pour cueillir les médecines, je ne sais pas, chaque fois, si j'arriverai à lever le filet garni de poissons lourds et frétillants ou si le lac m'appellera dans ses profondeurs, à mon tour... Alors petite-fille, je n'ai pas de réponse. Mais tu sais au moins ce qu'est de ressentir au plus profond de toi l'amour d'un homme. Il l'ignore mais il te porte en lui, très loin, cachée en cette voix secrète que les hommes ne savent pas entendre. Il devra vivre une expérience qui le brisera, alors il saura.

Zagkigan Ikwè parlait comme jamais auparavant. Depuis sa grande colère devant les reproches de Wabougouni, depuis que les mots coincés avaient été dits, quelque chose en elle s'était adouci. La jeune femme commençait son travail de femme médecine. Sans le vouloir, elle avait frappé dans la souffrance camouflée en rage de sa grand-mère. Son blâme avait tranché dans le sac purulent emprisonnant les souvenirs de cette journée lointaine où la vieille avait perdu sa joie de vivre. Wabougouni avait osé l'affronter, prouvant ainsi sa maturité en brisant les chaînes de la haine qui comprimaient Zagkigan Ikwè. Une guérisseuse d'âme! Elle serait plus forte qu'elle, plus engagée dans l'énergie de la Mère; la vieille en avait la certitude, car la transmission du pouvoir de guérir se renforçait de génération en génération. Elle espéra que rien ne viendrait couper le fil de la passation de ces traits ataviques.

Ce matin, j'ai reçu un message de l'Aigle, en réalité de deux aigles. Je sais que cela a un lien avec l'homme là-bas, avec Appittippi. Alors qu'il était dans les eaux du lac à faire comme il a l'habitude, descendre, remonter, encore et encore, un aigle noir a frappé de son corps le haut d'une épinette. Vision étrange. Puis un aigle à tête blanche est apparu, il poursuivait le noir qui tentait de s'échapper... ils sont disparus derrière la forêt. Les Blancs ont des symboles qu'ils nous empruntent. Je crois que dans la guerre où il se battra, son camp remportera la victoire. Il reviendra. Il vivra car il est béni. Il vit comme un poisson sous l'eau de ce lac sacré pour nous.

Zagkigan Ikwè chanta une mélopée aussi vieille que sa mémoire pour consoler Wabougouni, la ramener vers son clan, son savoir, ses dons héréditaires. La paix descendit lentement sur la jeune femme, elle sentit l'enfant lui donner des coups précipités comme des grosses gouttes de pluie tambourinant dans ses entrailles. Elle mit la main tavelée de sa grand-mère sur son ventre et dit :

– Sens comme elle est vivante !

71

12

Gabriel naviguait sur la rivière Attigameg, il évita de justesse un couple de rats musqués qu'il surprit au milieu du courant et qui disparurent sous le canot. La saison des amours éclatait tout autour : les oiseaux mâles aquatiques s'épivardaient afin de séduire les femelles ; un malard flamboyant courut sur la surface de l'eau en battant des ailes sous les yeux, en apparence, indifférents d'une belle au plumage terne. Les rives explosaient de vie, animées par les piaillements, les gazouillis, les pépiements qui accompagnaient la nidification. Les quenouilles bougeaient, secouées par les allers-retours laborieux des oiseaux.

Gabriel se sentait triste et vide. Wabougouni lui manquait déjà ; pourtant il poursuivit sa route car elle n'était pas disponible, trop tard arrivée dans sa destinée, sur sa route d'homme. Sa peau de soie ocrée, son parfum de terre chaude, sa saveur de fruit mêlée d'épices ; arriverait-il à ne plus penser à elle ? Il se secoua, orienta ses pensées vers sa destination. Son oncle, Pierre-Arthur, serait heureux de son retour. Gabriel

partagerait ses redevances de la vente des fourrures avec celui qui était aussi son parrain, car il
habitait chez lui, y avait son pied à terre. Il médita
pour retrouver l'élan vers Rose-Ange, la fille du
docteur Miron, avec qui il entretenait une idylle.
Il ignorait la suite de leur relation qui, lors de son
départ vers la forêt en octobre de l'année précédente, était encore un lien d'amour platonique,
à peine marqué par des baisers presque chastes.
Dans la bourgeoisie, les filles gardaient leur virgi-
nité pour le soir des noces... Il soupira.

Il se demanda comment une si jolie fille pouvait
s'intéresser à lui. Même en ce pays de nouvelle
colonisation, selon une loi municipale votée au
gré des élus, les Autochtones n'avaient pas le
droit de vivre au milieu des Blancs. L'union avec
un métis pour Rose-Ange tenait de l'utopie, même
si le père du métis était de sa race. L'exotisme et
le charisme de Gabriel l'avaient séduite, et comme
elle avait vécu des années pensionnaire dans un
couvent à Québec, elle ne portait pas le même
jugement sur les premiers habitants du territoire que les résidants du village de ses parents.
La majorité des gens n'avaient que du mépris et
de la méfiance envers les Amérindiens. L'origine
blanche de son père adoucissait leur jugement sur
le jeune homme. Sa mère abénaquise avait obtenu
un diplôme d'enseignante chez les Ursulines de
Québec, ordre de religieuses qui éduquaient les
filles autochtones depuis les débuts de la colonie
en Nouvelle-France. Gabriel était instruit pour
son époque. Aux prises avec la grippe espagnole,
sa mère avait arraché à son père la promesse de
laisser l'enfant suivre ses études primaires avant

de l'amener en forêt et d'en faire un bûcheron ou un trappeur. Le père ne supporta pas le veuvage et quitta l'Abitibi pour retourner dans sa région de Portneuf. Incapable d'élever seul son fils, il le confia à une cousine et à son frère, Pierre-Arthur.

À peine arrivée au village, Rose-Ange le remarqua au magasin général, elle le chercha du regard, le surveilla afin d'entrer en contact avec lui. Au début il fut intimidé, surtout lorsqu'elle lui demanda d'aller avec lui sur la rivière à bord de son canot. Il lui avait donné rendez-vous par un jour ensoleillé de juillet. Il l'attendit. Elle ne vint pas. En colère, dépité par ce qu'il estima être une moquerie, il mit son moteur en marche et alla pêcher sur le lac Abitibi jusqu'à la brunante. Le lendemain, la jeune fille le guettait devant la porte de son oncle.

– Je suis désolée pour hier, mais ma mère m'a empêchée d'aller te rejoindre...

Il chercha à la blesser, incapable de passer outre l'humiliation de la veille.

– Tu t'imaginais quoi donc? Que ta famille allait te donner sa bénédiction pour fréquenter un sauvage?

Il regarda longtemps la souplesse du mouvement de la robe blanche autour des jambes de Rose-Ange courant vers la maison paternelle à l'autre bout du village.

13

Le vent rabattit la fumée de sa pipe vers son visage, il toussa, les yeux brouillés de larmes. Il avait ménagé le contenu de ses blagues durant les mois de trappe et la perspective du tabac frais le réjouissait. Il augmenta la vitesse de son moteur en atteignant l'affluent de la rivière qui traversait le village.

Gabriel accosta devant la demeure de son oncle. Il grimpa en longues enjambées la berge pentue, évitant délibérément les quelques marches disposées pour faciliter la montée. Il entra sans frapper afin de surprendre Pierre-Arthur. Ce dernier se versait un café très noir dans une tasse de porcelaine.

– Ah, ben! Mon neveu! Eh, que je suis content de te voir! T'as l'air pas mal en forme, mon homme! Raconte ton hiver!

Le regard bleu pétillait de joie, accentué par la blondeur des cheveux striés de blanc. Le métis posa une main sur l'épaule de l'homme trapu, seul contact intime qu'ils se permettaient l'un envers l'autre.

– Quoi de neuf, son oncle ? La santé, ça va ? J'te rapporte du bon stock cette année ! De quoi faire un an tous les deux ! Viens m'aider, on va monter ça icitte. J'ai hâte de te montrer ça !

Lumineux, le jeune homme s'élança vers son canot, suivi lentement par Pierre-Arthur qui souriait de son enthousiasme. Gabriel balança à bout de bras les ballots de fourrures bien ficelés de babiche. L'oncle sortit un couteau à cran d'arrêt de sa poche arrière, coupa la cordelette et ouvrit un emballage de toile. Les peaux de castors, de loutres, de lynx, de martres brillaient sous le soleil du matin comme de l'or soyeux.

– Pour du bon stock, c'en est du bon, mon Gabriel ! Félicitations, mon grand !

Le jeune homme rougit de plaisir et se gratta la tête en regardant par terre, signe chez lui d'un soudain manque de moyens. Il se racla la gorge et se pencha pour renouer le lien sectionné.

– C'était pas dur, son oncle, les bébittes montaient sur la galerie du *shack* pour me demander de les piéger.

L'éclat de rire de Pierre-Arthur libéra son neveu de la gêne. Ils rigolèrent un moment, fiers de la récolte et heureux de se retrouver. Puis d'un même élan, ils attrapèrent chacun un ballot et se dirigèrent vers la maison. L'odeur du café éveilla l'appétit de Gabriel qui prit le pain et le beurre dans l'armoire. Il prépara un copieux déjeuner sur le poêle à bois, quand il réalisa le mutisme de Pierre-Arthur.

– À quoi tu jongles, son oncle? T'as ben l'air dans la lune!

Une lueur de tristesse embrumait, en effet, le regard de Pierre-Arthur. Comment annoncer à son neveu les fiançailles de Rose-Ange avec un jeune médecin venu pour soutenir le père vieillissant débordé par la hausse de sa clientèle?

14

La fenêtre aux rideaux ouverts lançait une lumière crue sur le visage de Gabriel. Une douleur battait ses tempes au rythme de son pouls. Il geignit en se retournant sur le dos et jeta péniblement un coup d'œil à la chambre. Le papier peint des murs ne lui était pas familier, où pouvait-il bien être? Une nausée lui souleva l'estomac; il alla en tanguant vers la cuvette de toilette, la bile au bord des lèvres. Il vomit tout ce qu'il put d'alcool, de colère, de chagrin, de dégoût. Il s'étendit à nouveau au milieu des draps froissés, tachés de sperme et de sécrétions vaginales. Désespéré, il se prit la tête à deux mains afin de calmer l'élancement.

«Ah! Rose-Ange! songea-t-il. Veux-tu me dire avec qui j'ai fourré hier soir? Maudite boisson! Avec la guidoune de l'hôtel, je suppose! Je savais que toi et moi c'était impossible, mais quand même, ça me fait mal que tu te maries avec un autre...»

Il chercha son pantalon du regard, le vit sur le dossier d'une chaise. Il se releva et fouilla ses poches à la recherche de son portefeuille. Vides!

Les poches vides! Il s'assit sur le bord du lit qui grinça sous son poids. Il tenta de se remémorer les événements de la veille en fixant par la fenêtre un nuage lointain. L'effort lui leva à nouveau le cœur. Il se recoucha en fermant les yeux; des images revenaient: Pierre-Arthur! Il avait confié l'argent des fourrures à Pierre-Arthur! Il fut soulagé, mais le goût amer persistait dans sa bouche.

– Rose-Ange va se marier avec le nouveau docteur.

La veille, après les paroles si dures de son oncle, émises pourtant avec douceur, Gabriel avait repoussé son assiette.

– Viens avec moi, son oncle, vendre ces peaux-là!

Pierre-Arthur l'avait suivi vers le magasin général de la Compagnie de la Baie d'Hudson, un ballot sur l'épaule. Le métis passa derrière le bâtiment, franchit la porte de l'entrepôt. Il déposa son fardeau sur une table au centre de la pièce et se dirigea d'un pas ferme vers la partie principale du commerce d'où provenaient des voix fortes. Le gérant échangeait des propos sur les dernières nouvelles de la guerre en Europe et de la conscription avec un inconnu assis sur une chaise basse entourée de bottes.

Adrien Pomerleau vit alors Gabriel. Mal à l'aise, il s'exclama:

– Ah! Gabriel, t'es revenu de la trappe! Je t'ai pas entendu entrer!

Puis se tournant vers le client, il lui dit:

– Écoutez, docteur Marsan, je vous commande une paire de bottes à vot' grandeur. Ça devrait rentrer de Montréal la semaine prochaine.

Le métis s'accouda au comptoir, les yeux appuyés sur l'homme malingre et court. Si son visage était de pierre derrière le front aux rides accentuées, des pensées le dévoraient, telles des feux de broussailles échappées. Le confort! La respectabilité! C'est ce que Rose-Ange avait choisi, il le savait, mais avec ce minus? «Rose, avec cet avorton?»

La rage se fraya un sentier rocailleux de son ventre à son cœur. Le médecin avait soutenu son regard, gêné, conscient d'être en présence du jeune homme que sa fiancée désirait, mais que ses parents jugeaient indigne pour leur famille. Un trappeur à moitié indien!

«Beau gars!» se dit-il.

De toute évidence, cet individu n'avait pas pris de bain chaud depuis longtemps. Des relents de sapinage et de sueur émanaient de lui. Ses cheveux huileux qui bouclaient sur ses épaules, sa barbe naissante et ses vêtements tachés n'arrivaient pourtant pas à lui enlever une prestance, une sorte de noblesse naturelle. Il comprit l'attirance de Rose-Ange. Pierre-Arthur brisa la tension qui régnait dans la pièce en venant quérir son neveu et Pomerleau, tout en plaisantant sur les monstres que le jeune métis avait attrapés aux pièges. Le gérant accompagna le docteur Marsan vers la sortie en lui promettant à nouveau des bottes à sa taille le plus tôt possible.

Les trappeurs négocièrent à leur satisfaction. Gabriel fourra deux billets de dix dollars dans sa poche et remit le reste de ses gains à son oncle. Il choisit au hasard une chemise et un pantalon neufs, des bas, des sous-vêtements, des chaussures. Il paya comptant et s'adressa à Pierre-Arthur, inquiet, qui ne ratait aucun de ses gestes :

– Ça va être correct, son oncle ! Je vais à l'hôtel pour la journée.

Il salua Pomerleau de la main, prit ses achats, traversa la rue et tourna le coin en direction de l'hôtel Victoria où son ami Raymond Leclerc travaillait de jour comme de nuit. Il entra dans l'atmosphère saturée par l'odeur d'alcool et de tabac refroidi. Le barman achevait d'essuyer des verres qu'il rangeait sous le comptoir. Les deux hommes se tapèrent mutuellement à grandes claques dans le dos en postillonnant les saints noms de l'Église.

– La même chose que l'année dernière, mon Gab ? Une chambre avec un bain, un barbier, une femme pis d'la bière ? plaisanta Leclerc. J'te trouve de bonne heure à matin ! Veux-tu une bière tout de suite ?

15

Maria ouvrit les bras pour Gabriel. Deux ans plus tôt, il était allé voir cette femme qui habitait seule une maison hors du village. Elle servait pour un montant raisonnable les vendeurs itinérants, les bûcherons célibataires, les voyageurs. Il avait déposé une liasse de billets sur la table, en disant :

– Je veux tout savoir sur le corps de la femme. Montrez-moi !

Elle l'avait regardé sans sourire. Des hommes de toutes sortes passaient par son lit, et jamais aucun d'eux n'avait demandé de connaître la femme et son plaisir. Celui-ci était encore adolescent malgré la largeur des épaules. Elle garda un long silence, avant de parler.

– Mon nom est Maria... D'abord, par les yeux, tu regardes la femme. Habillée. Sa couleur, sa peau, ses cheveux, la forme de sa tête, de ses bras, de ses seins, son ventre arrondi ou plat, la courbe de ses hanches. Tu la regardes droit dans les yeux... Tu la lis lentement, avec intérêt, car elle est unique... Ensuite, tu la respires. L'odeur de sa peau, de ses cheveux, de son haleine. Tu sauras si vos effluves s'accordent, car les senteurs corporelles font partie des jeux de l'amour.

Gabriel l'écoutait. Elle avait une voix douce, qui l'invitait à poser sur elle les gestes amoureux qu'elle lui conseillait. Il la caressa de ses yeux noirs, puis il s'approcha d'elle pour la humer. Elle portait un parfum capiteux qui flottait autour et sous lequel il chercha son odeur à elle. La femme le laissait faire, troublée.

– Alors tu la touches, ta main doit être légère. Sous les cheveux, la peau est sensible. Tu peux faire pénétrer tes doigts dans la chevelure, masser le crâne, doucement, tourner autour des oreilles, et ce faisant la goûter, poser tes lèvres dans son cou, mordre le lobe de l'oreille, toujours lentement, avec douceur, descendre vers la bouche, la lécher, puis l'ouvrir avec ta langue, passer ta langue sur le bord, sentir son souffle...

Le métis embrassait le cou blanc, avec passion, les mains enfouies dans les cheveux de la femme. Il n'en pouvait plus, son érection lui faisait mal. Elle le repoussa avec délicatesse.

– Nous continuerons la leçon tout à l'heure. Pour l'instant, viens.

Elle l'amena dans la chambre, défit la braguette de son pantalon, se mit à genoux et le prit entre ses lèvres. Gabriel éclata en mille lumières, devint une étoile qui explosait en un magma de lave brûlante ondoyant le long de sa colonne. Il chancela et s'appuya sur la tête de Maria. Ensuite elle le déshabilla.

– Tu peux t'étendre sur le lit, je reviens.

Gabriel avait dormi. Une tasse de thé fumait sur la table de chevet. Il entendait des bruits en provenance de la cuisine. Il se leva, s'accota sur le chambranle de la porte. Il regardait intensément la femme, ses gestes de ménagère, la tournure de ses mouvements, la danse de ses cheveux dénoués sur sa robe bleue, la rondeur de ses jambes soulignée par le tissu. Il lui sembla intérioriser son essence. Elle lui sourit.

– Prêt pour continuer?

Elle marcha vers lui et ferma la porte. Intimidé, il ne sut quel geste poser, où reprendre le jeu de la tendresse. Elle dégagea son cou, posa ses mains sur la poitrine du jeune homme et renversa la tête en arrière. Il l'enlaça et mit sa bouche sur la peau qui frémit; il en fut heureux car il avait un effet sur elle. Il suça le lobe, le mordilla et inséra la langue dans l'oreille.

– C'est ça... voilà, continue. Lèche-moi, mon chéri, goûte-moi. Viens vers ma bouche...

Elle haletait. Gabriel eut de nouveau une érection. Elle le sentit à travers sa robe. Il était jeune, si fringant. Elle allait prendre le temps nécessaire

87

pour l'amener vers son corps à elle, sa manière à elle d'être aimée, sa voie de femme. Ce soir elle allait dormir le corps repu de caresses, le ventre apaisé, la peau sereine. Il glissa la langue sur les lèvres entrouvertes, la ramena dans sa bouche pour y mettre la salive de Maria; elle poussa la sienne dans sa bouche, la passa sur les dents, explora les gencives du haut et du bas, l'enfouit plus profondément à l'intérieur des joues, puis sous la langue de Gabriel, en fit le tour plusieurs fois, avala la salive. Le bruit de succion excitait le jeune homme. Elle dit de sa voix sensuelle:

– Entends les sons de l'amour, ceux de la bouche, la respiration, les plaintes, les gémissements de ton amante, ses mots fous... Tout doit te dire si elle aime vraiment tes avances. Tu dois te mettre à l'écoute de son corps, de ses besoins qui ne sont pas les mêmes pour toi... chaque femme est spéciale...

Elle enroula les doigts sur le pénis qui frappait contre les poils du ventre tendu. Elle savait qu'il allait encore jouir trop vite, trop tôt. Alors elle le caressa tout doucement, sans y mettre de pression, et la semence jaillit dans sa main. Il enfouit son visage dans la crinière échevelée.

– Oh! Maria, Maria...

Elle le mena au lit, il sentit la fraîcheur des draps sur son dos. Elle se tint debout, détacha un à un les boutons de sa robe, ses mains étaient des oiseaux blancs sur le ciel de soie, qui ouvraient de leurs ailes le tissu, d'un mouvement si lent que ce fut presque douloureux pour le métis. Elle parla.

– Tu le feras ainsi, développer le corps de la femme, un cadeau, avec lenteur car tu n'as rien d'autre à faire et que tu as tout le temps. Ouvrir une orange avec déjà dans ta bouche son goût, son jus, son eau sucrée, sa pulpe couleur de soleil... la femme que tu ouvres avec son odeur dans ta bouche mêlée à ta salive...

La robe par terre, elle souleva la combinaison moirée qui la moulait, dévoila ses formes de femme mûre. Elle détacha les jarretelles, les bas coulèrent le long de ses cuisses et de ses jambes. Elle lui présenta son dos afin qu'il détache son soutien-gorge; il le fit avec maladresse. Elle dit:

– Prends mes seins, reste derrière moi; laisse leur rondeur dans tes mains, sens leur poids monter le long de tes bras. Glisse tes paumes sur leur grain, ferme les yeux, deviens attentif à leurs frissons, ils sont vivants, mets tes doigts autour des mamelons, sens... ils deviennent durs. Tes mains sont râpeuses, déjà des mains d'homme au travail difficile; ma peau se hérisse sous elles... on dirait un gant de crin. Caresse mon dos, doucement, avec amour... c'est si bon. Le corps de la femme est un jardin d'Éros, tous les plis et replis, les arrondis, les creux... si tu sais l'amener vers le sommet de son désir, l'orgasme viendra en son ventre, simplement. Ainsi coule la rivière ou éclate le rire du matin...

Elle se tortillait de plaisir, Gabriel ne se contenait plus de joie! Cette femme aimait sa caresse, aimait ses mains de *jobber*, elle le menait à son rôle d'homme avec chaleur, avec générosité.

Elle préservait sa fierté lorsqu'il éjaculait trop rapidement, elle reprenait la leçon avec la patience de la mère qui a toute l'enfance de son petit pour l'amener à maturité. Ainsi la journée se poursuivit, entrecoupée de périodes courtes de sommeil. Il savoura la femme, suça ses doigts, ses orteils, téta ses seins longuement, but son liquide poivré, s'inséra en elle par toutes les ouvertures, entendit, lorsqu'il la travaillait, son clapotis de savane sous l'orignal, ses murmures affolés quand son rôle de maîtresse lui échappait, ses gazouillis d'après l'orgasme, et même ses cris mêlés de larmes lorsqu'il tint si longtemps le tempo sur elle qu'elle en fut éblouie...

Lorsqu'il la quitta, il l'embrassa longuement sur la bouche, qui avait pris de l'amplitude. Une ombre bleue soulignait ses yeux, l'odeur de leurs corps était sur elle, riche, épaisse, gluante. Elle dit :

– Tu reviendras... avec les autres je me protège, je suis saine.

En refermant la porte de Maria, il était un homme.

16

Gabriel devint l'amant occasionnel de Maria. Elle était également sa confidente, il avait confiance en elle. Ils gardaient leur liaison secrète. Vers minuit la veille, il avait frappé au carreau de sa chambre, un signal qu'il était le seul à utiliser.

Il était étrangement muet. Elle entendait sous son silence des cris, un mal nouveau serpentait en lui, son petit, son poulain si vif et joyeux. Il trempait dans le bain. Elle lui frotta le dos, les aisselles, alla aux endroits intimes, cachés sous la mousse. Il haleta.

– Viens, Maria, entre dans l'eau avec moi...

La femme portait une nuisette vaporeuse, qui voilait à peine ses courbes généreuses. Elle était ronde, pulpeuse et tendre sous la main, avec une poitrine opulente aux mamelons dressés. Sa peau blanche rosissait pendant l'amour. Le métis l'attira vers lui, embrassa les seins à travers le tissu, mâchonna les bouts en y laissant la trace mouillée de sa salive. Elle enjamba le bord du bain et se coula sur le jeune homme qui l'empoigna par les cheveux pour lui incliner la tête. Il sentait monter en lui une colère qui n'avait rien à voir avec cette femme, une rage amoureuse, inconnue de lui.

Il ouvrit la bouche sur son cou, la lécha goulûment, elle se pâma ; alors il inséra les dents dans la chair, voulut lui faire mal, entendre sa plainte de douleur. Au contraire, elle gémit de plaisir. Cela l'excita et l'exaspéra à la fois. Il retourna sa maîtresse qui, à quatre pattes, se retint à la bordure du bain alors qu'il lui relevait la nuisette trempée au-dessus des fesses. La femme roulait des hanches, le tissu accentuait ses formes voluptueuses, rendant le métis presque fou. Il plaqua sa bouche sur l'anus, inséra la langue dans l'orifice, le força un peu, le mouilla en grognant. Il mordilla les fesses enrobées, alla vers la vulve ouverte et rouge, la goûta, remonta vers l'anus. La femme jutait comme une outre percée, son liquide visqueux s'échappait abondamment de son sexe. Le métis l'enfila, il poussa à l'intérieur d'un mouvement circulaire, bina en s'agrippant aux flancs de Maria.

Elle hurla sa jouissance sans réserve. Il oublia sa rage de tout à l'heure, enfoui dans un bien-être chaud, une joie qui se concentrait dans ses entrailles comme une étoile pleine et lumineuse. Les muscles se pressaient, se relâchaient autour de son gland. Il jouit dans un éclair blanc qui incendia son ventre.

Plus tard, la femme caressa son visage et dit :

– Maintenant, dis-moi ce qui ne va pas.

Il raconta sa rencontre avec Wabougouni, son désarroi face aux émotions qu'elle soulevait en lui. Puis il parla des fiançailles de Rose-Ange. De sa colère, de sa déception, de ses sentiments mélangés.

Il dormit chez elle, dans ses bras, toute la nuit. Le matin se leva sur le petit déjeuner qu'ils prirent au lit. Il connaissait l'histoire de cette femme amoureuse de la vie. Elle avait aimé un homme ; elle avait seize ans et lui dix-huit quand la guerre de 1914 fut déclarée. Il fut enrôlé contre sa volonté, laissant sa fiancée derrière lui. Par désespoir, la veille du départ, ils firent l'amour, sous une pluie fine à l'abri d'une tonnelle au cœur d'un parc déserté par les flâneurs, debout contre un mur de treillis qui se brisa sous leurs corps.

Quelques semaines plus tard, elle sut qu'elle attendait un enfant. Sa famille fit comme tout le monde à cette époque : la jeune fille alla accoucher à l'abri des regards, chez les religieuses. Elle sut seulement que l'enfant était un garçon et que de bonnes gens stériles l'avaient adopté. Peu après, elle apprit la mort en Belgique de son amoureux. Elle suivit son oncle et sa tante qui avaient choisi de venir en Abitibi pour tenter leur chance en ces terres nouvelles, bien qu'ils aient été des citadins. Les lots étaient offerts gratuitement aux aspirants cultivateurs. Ils croyaient que leur nièce trouverait un mari parmi les jeunes hommes qui y tentaient l'aventure. Ils ignoraient qu'elle portait profondément le deuil de son fiancé et de l'enfant perdu, et qu'elle ne voulait pas se marier, mais baiser, oui, faire l'amour. Elle ne laissait pas entrer les

hommes mariés, disait que les femmes, si coura-
geuses de peupler ce pays de misère, méritaient
d'être servies par leurs époux.

Elle savait que Gabriel allait bientôt être
appelé sous les drapeaux, elle en ressentait une
émotion proche du sentiment d'abandon, comme
si elle vivait de nouveau la perte de son fiancé et
l'absence de son fils.

17

Le métis était dans la section des armes à feu du magasin général lorsqu'il perçut la voix de Rose-Ange:

– Ma robe de noces est arrivée?

Il s'avança discrètement et jeta un œil vers le comptoir. La jeune fille souriait, les joues empourprées par la chaleur. Elle était accompagnée de sa mère. Il remarqua qu'elles avaient le même teint, d'une grande finesse. Mais celui de la mère affichait une couperose prononcée; deux ailes rubicondes descendaient le long de ses joues. Gabriel alla vers les mannequins et fit mine de s'intéresser aux robes. Le silence régnait derrière lui, il ne savait pas trop ce qu'il allait faire, il suivait d'instinct son dépit d'avoir été repoussé par la famille de la jeune fille. Il voulait créer un scandale, jeter une pierre dans la mare de Madame Morin si attachée aux apparences et aux classes sociales.

Il passa aux tissus de coton colorés, les tâta. Il choisit une teinte rosée constellée de fleurs jaunes et dit à Madame Pomerleau:

– Il y a une couturière qui travaille pour vous, je pense?

La dame acquiesça.

– Alors, vous voyez ce mannequin qui porte la robe bleue et blanche? Bon. Avec ce tissu rouge à fleurs, vous demandez à la couturière de fabriquer le même modèle, mais une taille plus grande.

La femme prenait des notes. Puis elle attendit la suite, l'œil interrogateur. Gabriel continua:

– Quand elle sera terminée, mettez-la de côté et donnez-la à la vieille Algonquine qui se nomme Zagkigan Ikwè, c'est pour sa petite-fille, Wabougouni. Moi, je pars m'engager comme soldat, mon oncle Pierre-Arthur va vous régler ça, il est au courant.

Madame Pomerleau rougit:

– Vous parlez de Madame McTavish? Mais elle est mariée!

Il se retourna vers Rose-Ange et sa mère avec un air de défi, souriant à moitié devant l'air ébahi de Madame Morin, dont les joues tournèrent à l'écarlate. Il dit:

– Peut-être, mais elle est libre en dedans, au contraire de certaines personnes!

La jeune fille devint cramoisie. Il se traita d'imbécile aussitôt la porte du magasin franchie...

18

Il alimenta le feu de brindilles sèches qui s'embrasaient avec des bruits clairs ; la flamme pétillait, éclatait, dansait follement, se déhanchait pour enfin redevenir tranquille et silencieuse. Le métis avait monté son abri sur une plage du lac Abitibi. Il ignorait la suite des choses, ne savait pas s'il reviendrait au village après son voyage à Montréal pour son enrôlement. Il avait senti un besoin urgent de solitude, pour réfléchir à sa vie, à son avenir. L'Angleterre avait déclaré la guerre à l'Allemagne en septembre 1939, engageant du même coup les pays du Commonwealth, dont le Canada. Le conflit durait depuis trois ans. Il devait se soumettre à la conscription comme tous les jeunes hommes valides et célibataires du pays, incluant les Autochtones parlant français ou anglais et les métis. Sa témérité et son sens aigu de la justice le poussaient vers le combat. Il leva les yeux et se dit que la toile là-haut était percée et que l'éclat des anges passait par ces trous. Les constellations entamaient leur voyage sidéral. La Voie lactée : une giclée à travers ciel. La lune dans sa pleine rondeur glissait sur la tête des pins et des épinettes de l'autre rive, lointaine. Les mots lui manquaient pour décrire avec justesse la ligne brisée de l'horizon sous cette douce nitescence mêlée d'ombres, enténébrée de mystère.

«Mais quel pays!» songea-t-il.

Une terre dont le ventre en roche volcanique affleurait avec des dessins de crustacés fossilisés dans la veine de la pierre. Mais où était la mer qui, autrefois, bougeait ici à sa place? Où les eaux salées s'étaient-elles écoulées? Combien de millions d'années avaient enjambé cet endroit précis, où les rêves des ours se soldaient par des pêches miraculeuses dans les ruisseaux, des fourmilières habitées, des ruches sucrées ou une profusion de bleuets dans les sous-bois tapissés d'humus? Un glapissement troua le silence, sans doute une renarde hélant son petit. Le chant poignant de solitude du huard monta du lac.

Il était fils de ces bois, de ces eaux qui frappaient doucement le sable en prenant garde d'aller au-delà de la force du vent, en accordant leur rythme avec l'air dans lequel remuaient les branches des trembles et des bouleaux en un ruissellement qui montait sur le flanc des arbres et descendait de leurs troncs vers la mousse.

Couché sous les étoiles   j'entends
Une cascade qui coule du firmament
C'est la respiration des feuilles
Si je me couche sous toi
Oh lac   sous tes eaux
Ancré au fond de ton lit

Entendrais-je le halètement des feuillages ?
Ton souffle est-il d'eau ou d'étoiles ?

Gabriel accepta l'invitation des eaux. Il se dévêtit et se tint debout devant la lune, qui roulait en face de l'étoile Polaire. Il nagea sur le dos, fit la planche, en tentant de saturer son regard de ce ciel dont la beauté lui donnait la chair de poule. Il plongea. La lumière le suivit sous la surface et les remous sur le sable, au fond, se muèrent en cercles qui se brisaient en lignes ondoyantes. Un essaim de poissons minuscules s'écarta sous lui en symbiose, en un seul mouvement d'étincelles argentées. Il remonta pour reprendre son souffle. Il ajouta de grosses branches d'épinette aux flammes, il avait froid. Il s'étendit sous le sac de couchage et crayonna à la lueur du feu longtemps dans les ténèbres. Il dormit avec le souvenir de Wabougouni dans sa main posée sur son sexe.

Il dormit peu, mais profondément. Sa nuit fut adoucie par l'image de l'Algonquine qui, dans son rêve, marchait sur le lac ; une vision sereine. Ensuite une clameur au loin, celle des oiseaux annonçant l'aube à peine née ; le chant, d'abord confus, devint de plus en plus clair, car il approchait, porté par la lumière qui inondait le monde. Quand elle fut sur le visage de Gabriel, le concert autour de lui devint une chorale de voix multiples, dont le crescendo continua sa route vers l'ouest. Les cris des corneilles ne cessèrent que lorsqu'il émergea de son sac de couchage et cassa des brindilles pour le feu. Il but un café très fort. Ensuite, il prit un carnet et le crayon.

Ô femme verte et rouge
Tu habites mes nuits comme le cœur dans
sa cage
libre tu es   libre je te revois dans ta nudité
quel bonheur ce fut d'avoir croisé ton sentier
je te porte en moi comme l'or dans le quartz

Il écrivait sur la page blanche de l'inconnu, en songeant aux lendemains qui, pour l'instant, étaient des trous noirs. Ils étaient des nomades, elle et lui, des marcheurs de la terre, des pagayeurs de rivières, des pèlerins de cette force qui les tenait debout : la vie. La poésie, le dessin pour se souvenir de son corps, cette rondeur sur l'enfant qu'elle portait. Son visage tendu et si beau sous la chevelure abondante. Les nuits étaient froides et ses rêves chauds. Les étoiles scintillantes se pressaient contre la terre et semblaient écouter ses amours. Les oiseaux s'interpellaient au crépuscule, le vent bruissait sur les feuilles, une rivière sur son sommeil. Le lac pour ramer vers les lieux de l'orignal, là-bas, vers la tourbière, vers les bouches de rivières, les anses, les baies. La caresse de ses eaux sur sa peau, sa tiédeur ou sa froideur quand il nageait dans le courant.

Il dessinait les îles de l'amante, derrière lesquelles il se cachait du grand vent et des vagues démontées ; elles avaient la forme arrondie de ses seins. Il mangeait des cerises de la couleur de ses lèvres. Les autres fruits se dérobaient sous les herbes, là où la terre chaude les camouflait sous sa hanche, là où le froid aveugle ne les sentirait pas, minuscules et pourtant vivants.

Juillet était brûlant, sec et tapait dru sur l'épiderme. Les oiseaux ne chantaient plus le jour. Les orages ne tonnaient pas, l'horizon noir emprisonnait les nuages muets. Il imaginait Wabougouni dans les vaguelettes lorsqu'il se trempait pour se rafraîchir. Quand la chaleur le tartinait de sueur, il allait vers des pierres moussues, vertes et brunes, formant un tablier sur le lac. Elles portaient la steppe de la toundra avec leur lichen gris et ocre, orangé de Sienne. Il plongeait de là, tête première dans le scintillement des eaux. Le temps était bon, sans moustiques, une persistance dans la douceur de vivre.

J'ouvre la bouche et te prends dedans
tu roules deviens chaude   alors je te relâche
pour que tu nages avec moi   toi mêlée à
ma salive
une lampée tiède qui m'étouffe   je te garde
plus longtemps
tu exploses en milles gouttes

Il lui fallait respirer sans elle, loin d'elle.

La pluie ne venait pas. Le vent se promenait sous les arbres en les flattant par-dessous. Ils frémirent et levèrent très haut leurs feuillages comme les filles leurs jupes pour les amants. Alors le vent s'excita, monta plus haut, redescendit et remonta maintes et maintes fois, souffla plus fort et renversa les feuilles ruisselantes de la rosée du matin. Le plus attentif des oiseaux était un bruant chanteur. Quand la lumière se pointait sur la colline, il poussait son trille, perché sur une branche d'un pin gris derrière la tente du métis.

Il y avait une brèche par où s'infiltrait la lumière et l'oiseau s'égosillait, entonnait un air aussi transparent que du cristal sur les rayons dorés. Il saluait le jour, le soir aussi, se tournait vers le lac quand l'ouest plongeait dans un horizon rouge. Les eaux du lac se teintaient de pourpre, les nuages devenaient des grenats flottant sur le velours assombri du ciel. Les couleurs de son intimité à elle, à Wabougouni, de sa tendresse humide et accueillante. L'éclat orangé du soleil : à peine un point sur la crête des arbres laissant une traînée comme ses cheveux sur ses épaules. Elle vivait autour de lui, respirait par son souffle, se camouflait même dans le sable chaud sous ses pieds nus.

Un après-midi, Gabriel cherchait le sommeil alors que les corneilles se poursuivaient d'un arbre à l'autre en croassant de leurs voix gouailleuses. Elles se rassemblèrent sur un bouleau et se lancèrent en un ramage discordant. Pour rire, il cria vers elles :

– D'accord! Je retourne au boulot! Réparer le trou dans le fond du canot!

Elles cessèrent leur tapage et s'envolèrent d'un seul élan. Des parfums voyageaient par le vent, faisaient la planche dans les airs pour ensuite plonger doucement vers le sol. Une odeur de trèfles descendait de la colline. Un champ de fleurs mauves embaumait la baie. Une fragrance rappelant le jasmin irradiait du sol. Il ferma les yeux et rêva à ces instants où Wabougouni s'épanouissait sous ses doigts.

La pluie arriva une nuit, brusquement. Elle avait ouvert les vannes sans bruit, sans tonnerre ni éclair, avait tapé sur la toile, tambouriné tout doux puis de plus en plus fort. Il entendait la terre soupirer d'aise. Elle buvait, transportée et ouverte, de nouveau lubrifiée et prête à être fécondée.

Il est venu le temps
D'écrire des mots d'amour à outrance
Tu es toujours là   à ne rien dire
Le velours de ton ventre
Ta source de chair rouge
Tendre sur mes lèvres
Et sur mon corps de rêve
Qui m'a abreuvé
Pourtant je prendrai bientôt
Le train du sang et de la démesure

19

Le train avançait lentement. Gabriel, assoupi, se laissait bercer par le roulis régulier. Il rêvait de Wabougouni qui courait à sa rencontre, cheveux roux flottant au vent; il entendait le grondement du lac Abitibi quand il était en colère. Bras ouverts, il reçut la jeune femme, mais attrapa le vide. Agité dans son sommeil, il sentit une main secouer son épaule :

– Hé! Gab, réveille-toé! Montre-moé ton billet.

Le métis, ahuri, regarda l'homme d'un air interrogateur. Empêtré dans son songe, il n'avait pas compris la demande du contrôleur vêtu d'un costume bleu garni de boutons dorés.

– Ton billet, mon Gab... Ça t'arrive-tu souvent de faire des cauchemars en plein jour? Comme ça, tu vas t'engager? Tu vas vivre des vrais cauchemars, là!

Il rit de son mot d'esprit tandis que Gabriel cherchait le billet dans ses poches. Puis il tourna le visage vers la fenêtre en se croisant les bras, appuya la tête sur le dossier du banc et fixa d'un air buté les épinettes qui défilaient derrière la vitre noircie de fumée de charbon, attitude signifiant à l'homme que son monologue était terminé.

– Ouin! Pas de bonne humeur, le jeune!

Les yeux mi-clos, Gabriel se remémora les journées et les nuits vécues auprès de l'Algonquine.

Tu portais la lumière
Une auréole autour de toi
Le soleil fermait les yeux
Tirait ses rideaux de brume
Lorsque tu secouais ta chevelure
Comme la fleur de ton nom
Wabougouni, ma blessure
Où ira-t-elle, cette splendeur?

Dans son enfance et son adolescence, lors des vacances d'été, il visitait sa famille maternelle près de Québec. Il aimait la présence de ses cousines et de leurs amies qu'il taquinait. Un jour une petite voisine, Zoé, plutôt délurée, l'entraîna dans la grange de son grand-père. Elle avait quelques années de plus mais le garçon, grand et costaud pour son âge, ne craignait pas les nouvelles expériences et rêvait d'aventures. L'adolescente grimpa l'échelle qui menait au second étage du bâtiment. Derrière elle, Gabriel admira les jupons blancs qui dévoilaient par moments la chair rose des cuisses, juste au-dessus de l'élastique qui maintenait les bas longs en place. Il eut une érection qui se coinça dans son sous-vêtement.

Adossée au pilier central de la grange, Zoé se tourna vers lui en soulevant sa robe.

– Veux-tu voir ce qu'il y a en dessous, Gabriel?

Elle parlait d'une voix altérée, presque imperceptible. Le jeune métis ne dit mot, assommé. D'une main, elle tira d'un geste lent sur ses culottes blanches bordées de dentelle, de l'autre elle retenait le tissu de la robe, jusqu'à ce qu'apparaisse le triangle de jais de son pubis. Elle haletait, Gabriel également. Fasciné, il fixait ce buisson couleur de nuit comme un papillon la lumière. Il n'osait poser ce geste de la main qui le tourmentait, la toucher, par crainte de l'effaroucher. Zoé s'approcha de lui en lui demandant de se mettre à genoux. Jambes tremblantes, il obéit. Son visage au niveau du sexe de son amie, il respira l'odeur musquée en fermant les paupières. Puis d'un élan naturel, il avança la bouche vers la toison qu'il lécha d'abord doucement, en prenant le temps de goûter la saveur de la fille, puis de plus en plus fermement, emporté par son propre désir. Il dégagea son pénis qui vint frapper sa ceinture. La fille gémit sous la langue, prit sa tête entre ses mains, le guidant vers son clitoris. Gabriel la maintenait d'un bras autour des hanches, tout en se caressant de sa main libre. Il jouit rapidement en murmurant le nom de Zoé.

– Ne t'arrête pas, Gabriel, ne t'arrête pas, s'il te plaît...

Elle suppliait d'un ton étrange, issu du plus creux de son ventre. Puis elle agrippa les cheveux de Gabriel, le corps arqué vers l'arrière, elle retint un cri qui se termina par une plainte interminable. Elle se laissa tomber à genoux devant le garçon empêtré sous les tissus, étouffé par l'émotion qui serrait sa poitrine. Il se libéra pour entourer la taille fine de ses bras en chuchotant :

– Comme c'est bon, Zoé, c'est si bon... Merci...
merci !

Le métis soupira à ces souvenirs. La femme
déjà le tourmentait ! Sa chère Zoé en était à
son quatrième petit, car elle n'avait pas tardé à
se marier après leur aventure ; elle possédait la
plus grosse ferme de la paroisse de Champlain.
Gabriel fouilla dans son sac à dos et en ressortit
des livres, le roman *Croc blanc* de Jack London et
un volume de leçons d'anglais. À la lumière des
chandelles, il avait étudié cette langue, durant les
longues soirées de l'hiver précédent. Curieux et
assoiffé d'aventures, le jeune homme aimait les
livres et voyageait à travers eux. Les romans de
London avaient nourri son imaginaire, et il portait
une admiration sans bornes à l'auteur. Il ouvrit
le volume racorni et plongea à nouveau dans les
méandres des malheurs du chien blanc.

20

Essoufflé, Gabriel suivait la piste d'un orignal dans une neige épaisse et humide. Les traces longeaient la rivière gelée par plaques. Il marchait depuis deux heures et les glaçons se formant sous ses raquettes ralentissaient son pas. Il désespérait de rejoindre sa proie quand il entendit le bruit sec de branches cassées. Le cœur battant, il inséra une balle dans sa carabine. La bête, cachée sous le couvert de la forêt, renâclait, épuisée par l'effort de la course. Elle frotta son panache sur le tronc d'un arbre et le raclement sur le bois l'empêcha d'entendre le chasseur qui s'était approché derrière elle et qui, adossé à un arbre, épaulait son arme. La déflagration déchira le silence cotonneux et assourdit le métis immobile qui assista à la chute de l'élan qui s'effondra sans un cri.

– *Kitzi Migwèsh ni' zimish!* (Merci beaucoup, petit frère!)

Spontanés, les mots lui revenaient. Selon les coutumes algonquines, les animaux étaient les frères de l'homme et il les remerciait pour l'offrande de leur chair. La vision du monde de ce peuple en symbiose avec tout ce qui était vivant le séduisait. Bien que son milieu d'origine fût catholique et blanc, les femmes de son enfance et du début de son adolescence étaient Abénaquises, comme sa grand-mère, ou métisses, comme ses tantes et ses cousines. Elles gardaient une image idéalisée de leurs ancêtres entrés très tôt en contact dans l'histoire avec les Européens, dont elles avaient adopté la foi, après la perte de leurs traditions et de leur langue d'origine.

Gabriel savait que son esprit indomptable n'avait rien à voir avec le sang qui battait dans ses veines, car les coureurs de bois étaient aussi possédés par ce besoin de liberté, d'espace, loin des restrictions d'une civilisation basée sur la possession, la domination et le devoir. Il se sentait intimement ancré dans ces bois au calme total, percé çà et là par des gazouillis d'oiseaux, et une réelle gratitude monta en lui envers la bête sacrifiée. Il pensa à Wabougouni, à sa beauté parfaite et à son corps de bronze. Un pincement là où elle posait sa main quand elle le voulait...

Il se secoua et s'avança vers la masse couchée sur le flanc ; il saliva à la perspective d'un repas au filet mignon. Son couteau trancha la veine jugulaire, qui pissa rouge sur la neige, puis il ouvrit le ventre par petits coups afin d'éviter de couper les intestins et la vessie. La chaleur des entrailles forma une buée au-dessus de sa tête et l'odeur forte le prit à la gorge. Ravi, Gabriel pensa à la joie de son oncle qui ne raterait pas de préparer son fameux ragoût aux épices. Le vieux célibataire mitonnait des repas appris de sa mère qui lui donnaient la réputation du meilleur cuisinier de chantier de toute l'Abitibi.

Gabriel, concentré sur le dépeçage du gibier, fut soustrait de la vie autour de lui. La neige lourde dégringola d'un sapin sous lequel un loup qui l'observait glapit. Alerté, le métis chercha du regard l'animal qui détala par longs sauts et disparut; à peine une ombre.

– Hé! Mon vieux! Comme ça le *moose* avait deux chasseurs après lui!

L'après-midi filait rapidement et le soleil couchant projetait des rubans rougeâtres sur un pan du ciel turquoise au-dessus de la rivière. Le chasseur devait retourner au village pour rapporter un traîneau et l'attelage de chiens du voisin de son oncle. Il fouilla dans son sac à dos à la recherche d'un rouleau de corde et attacha solidement les quartiers de l'orignal. Il abattit ensuite une épinette droite de bonne taille, l'étêta, l'ébrancha et inséra les pointes, en utilisant une perche de tremble, aux ramures de deux bouleaux rapprochés. Il balança ensuite les liens qui s'enroulèrent autour du pieu et remonta la viande à l'abri des carnassiers. Il ajusta des nœuds solides aux troncs des arbres.

Le foie, le cœur et le filet mignon dans son sac, il jeta un dernier coup d'œil à l'installation. Satisfait, il laça un cordon dénoué de son mocassin avant d'enfiler ses raquettes et de reprendre la piste. Il savait qu'à son retour, le lendemain, la meute aurait nettoyé les restes abandonnés derrière lui. La sueur coulait dans son dos. Il ralentit son allure à l'orée de la forêt silencieuse en apercevant les lumières blafardes du village. La lune pâle brillait, derrière la maison de Pierre-Arthur, et sa clarté atteignit Gabriel en son être ; une invitation à la douceur, à la sérénité. Et s'il retournait à la trappe plutôt que d'attendre une réponse du gouvernement fédéral à son engagement dans l'armée? Là où il se sentait vivant, libre. Il aspira une goulée d'air et grimpa les marches de la galerie.

Son oncle se berçait dans la cuisine. Il se leva pour l'accueillir :

– Pis, l'as-tu pogné, l'orignal?

Gabriel sourit et enleva son manteau taché de sang et son chapeau de fourrure. La chaleur de la maison l'incommoda. Il enleva sa chemise à carreaux, remonta ses bretelles sur sa combinaison humide. Alors seulement, il ouvrit le sac pour montrer la viande à Pierre-Arthur.

– Tu peux être fier de toé, mon garçon! Un vrai bon chasseur! Donne-moé ça que je nous prépare un souper dont tu me donneras des nouvelles. Prends-toé un café en attendant. En passant, t'as du courrier!

Analphabète, Pierre-Arthur ignorait que la lettre venait du ministère de la Défense du Canada. Le métis l'ouvrit en lui tournant le dos afin qu'il ne vît pas son expression pendant sa lecture. Sous la lumière du fanal à kérosène, la feuille trembla entre ses mains. Il s'agissait d'une réponse positive à sa demande d'engagement au sein de l'armée canadienne.

La missive l'invitait à se présenter au centre d'instruction de Joliette. Le jeune homme sentit son cœur se gonfler à la fois de fierté et de tristesse. Content de recevoir un accueil favorable et chagriné devant l'obligation de quitter son parrain. Ce dernier sifflait en coupant des pommes de terre qu'il plongea dans l'eau bouillante d'un chaudron sur le poêle à bois. Il savait que son neveu voulait partir combattre en Europe, mais le silence du ministère l'avait convaincu que le jeune homme renoncerait à son idée.

21

Encore la nuit. Gabriel marchait dans une boue visqueuse et froide, derrière le soldat Laflamme, un éclaireur qui le formait sur le terrain. Une pluie fine traversait la vareuse du métis, il frissonna malgré son sous-vêtement en laine. Le bruit de succion des bottes et les tirs d'obus, de part et d'autre, l'empêchaient d'entendre tout autre son qui indiquerait la présence ennemie.

Sa nervosité s'accrut au fur et à mesure qu'ils s'approchaient des lignes allemandes. Ils avaient pour mission de trouver un passage afin de cerner des tireurs qui faisaient des ravages dans leur compagnie. La faim les tenaillait, la terre défoncée empêchait la progression des véhicules d'approvisionnement embourbés loin derrière eux. Les piétinements répétés des troupes avaient dénudé le sol de son humus et son odeur se mêlait à celle de la poudre des explosifs. À l'aube, les deux hommes avançaient en se camouflant derrière les arbres. Ils se faisaient signe chacun leur tour avant de s'élancer sur quelques mètres quand, soudain, Gabriel crut reconnaître l'éclat d'une arme derrière un monticule. Il leva le bras pour stopper l'élan de son compagnon et pointa le sol; il s'accroupit et s'approcha de lui avec des gestes de Sioux.

– Devant toé un peu à gauche, quelqu'un est couché... souffla-t-il. Tu y vas ou c'est moé?

– Tu l'as vu en premier, je te le laisse, mais je vais te couvrir.

Le murmure de Laflamme était à peine audible. Le métis rampait dans la vase, appelant en silence l'esprit protecteur du lac Abitibi. Après une demi-heure de silence, une série d'explosions couvrit le clapotis de la fange, bruit qu'il provoquait malgré ses efforts pour être silencieux. Il contourna à l'aveuglette la butte où se tenait le franc-tireur ennemi jusqu'à lui toucher les bottes. Sans hésiter, il se dressa et planta sa baïonnette sous le casque du soldat. Son mouvement attira l'attention d'un autre Allemand dont les vêtements maculés se confondaient avec le terrain et qui le mit en joue. Gabriel, ignorant du danger, vit alors Laflamme lever son arme et tirer.

Un vide immense cloua Gabriel à côté du cadavre de l'homme qu'il venait de tuer; il aspira, la bouche grande ouverte, mais sentit ses poumons rétrécir sous le coup de l'émotion qui l'étranglait. Après quelques minutes, il retourna le corps inerte et vit dans la lumière de l'aurore le visage d'un adolescent. Son partenaire vint le rejoindre au pas de course et lui dit en s'allongeant sur le dos:

– Y' a plus personne dans le coin, mais l'autre est encore en vie. Si on le ramenait comme prisonnier, peut-être qu'y pourrait nous dire où sont les *spots* dangereux?

Pour toute réponse, Gabriel vomit de la bile sous les yeux éberlués de Laflamme.

– Dis donc, mon Gab, on dirait que t'as jamais tué de Boche!

– Pas de proche, en tout cas, pis c'est un p'tit gars! Un jeune, le vois-tu? Merci, mon chum, je pense que tu m'as sauvé la vie!

– C'est pas de mes affaires, mais t'es nouveau au front? Je me trompe-tu en disant ça?

La distance entre le mirage glorieux des champs de bataille et le cauchemar de cette réalité ébranla le courage du métis. Il se heurtait avec fatalisme au destin qu'il avait choisi; il réalisa que la mort le frôlait à tout instant et qu'il y échappait par pur hasard. Devant la dépouille du jeune soldat, l'effroi qui le rongeait s'éloigna peu à peu et une étrange sérénité le pénétra. Il sentit son instinct de survie s'éveiller et sa conscience s'aiguiser au point où il devint réceptif comme un prédateur aux aguets. Si la peur revenait, ne pas reculer et avancer d'un pas assuré, puisqu'il n'y pouvait rien. Être un tueur, l'accepter. Il sut avec certitude que, désormais, l'ennemi serait sa proie.

22

Le peloton de patrouilleurs se scinda pour se disperser en éventail le long de cet affluent de la Ijessel, à la recherche de ponts susceptibles de supporter le poids des blindés. Gabriel et ses compagnons trouvèrent finalement une construction en poutres d'acier qui semblait convenir. L'officier choisit deux fantassins pour s'engager vers l'autre rive afin de débusquer l'ennemi. Le métis suggérait au soldat Bujold de s'accroupir lorsqu'une explosion pulvérisa le pont devant eux. La fusillade éclata des deux côtés ; il entendait siffler les balles autour de sa tête ; Bujold, touché, s'écroula face contre terre. Il l'attira vers lui et ils roulèrent sous le parapet avant de culbuter dans le vide. Des projectiles soulevaient des bouillonnements autour d'eux ; les Allemands embusqués sous le tablier étaient résolus à éliminer ces hommes qui barbotaient dans la rivière qui se teinta de rouge. Gabriel tenta l'impossible pour sauver son partenaire. Il l'agrippa d'un bras sous les aisselles et plongea dans les eaux glauques.

Il nagea vers l'aval aussi rapidement que le lui permettaient ses bottes et son équipement, espérant que les camarades là-haut auraient le dessus. Il entendait mugir le lac Abitibi dans ses fureurs d'automne. L'air lui manqua quand, soudain, il eut une hallucination : là devant, le fantôme de Zagkigan Ikwè lui désignait la droite de la rivière. Il s'y dirigea sans hésiter, à bout de forces. Il s'accrocha aux joncs et émergea pour respirer à l'abri des tireurs. Il continua de battre l'eau de ses jambes et de son bras libre, malgré l'entrave des algues, jusqu'à toucher le fond vaseux.

Il traîna Bujold dans l'herbe. Les yeux vitreux et la bouche ouverte, son frère de combat ne respirait plus, la poitrine trouée par deux balles. Gabriel retint avec peine le cri qui lui montait du ventre, une pulsion de se mettre debout, de défier l'adversaire de l'abattre, dans la folle certitude d'être invulnérable ! Puis se rappelant l'apparition de l'Algonquine, il murmura :

« Je suis en chemin pour l'asile ! Maudite folie de nous autres, les hommes, que de s'entre-tuer ! Ça va-tu finir par finir un jour, c't'hostie de guerre là ! »

Le métis était au front depuis deux ans, deux longues années où chaque jour de survie était un jour de sursis. Allongé tout près du corps encore chaud de Bujold, Gabriel tremblait de froid, de rage, de chagrin. Il ferma les paupières du soldat pour se soustraire à ce regard bleu ciel, pétrifié, piégé par la mort. Les blessures à son torse prouvaient qu'il n'aurait pas survécu ; peut-être était-il déjà décédé quand Gabriel l'avait entraîné sous l'eau ? Il se demanda, malgré tout, s'il n'était pas responsable de son trépas, s'il n'avait pas manqué de vigilance là-haut avant l'explosion et le saut dans la rivière. Il oublia le temps, se rappela le lac Abitibi, l'amour de Wabougouni. Il se masturba, vida sa semence sur la terre afin de sentir son corps vibrant, son âme vivante. Pourquoi la vieille était-elle là sous l'eau? Serait-elle décédée? Wabougouni serait-elle seule à présent? Seule de sa sorte, pure et libre.

Le métis sursauta lorsqu'une voix l'extirpa du sommeil. Encore sous le choc, il ressentit pourtant un soulagement presque joyeux devant l'équipe d'éclaireurs qui, sans trop y croire, était partie à leur recherche après avoir décimé le commando ennemi chargé de la destruction du pont. Le caporal lui tapa sur l'épaule d'un geste amical.

– Ça va, Gabriel? Ton chum est pas passé à travers on dirait... Viens, on va le porter jusqu'au campement.

23

Le jeune homme déambulait dans les rues de Paris. Les soldats canadiens devaient attendre que des navires soient disponibles pour les ramener au pays. Entre-temps, ils étaient libres de visiter les villes épargnées par les bombardements. Ils portaient encore leurs habits militaires. Les gens les accostaient, les saluaient comme des leurs, les nommaient «cousins» d'Amérique, les remerciaient de leur participation à la libération, leur offraient un verre ou un repas; les filles affranchies leur proposaient une partie de jambes en l'air. Les putains leur donnaient des services gratuits.

Les hommes fêtaient le retour à la vie, à l'air libéré des relents de poudre, de poussière, de cadavres en décomposition, de la mort. C'était comme un point au côté qui pulsait constamment, un doigt qui titillait le dos, une joie incrédule, incertaine. Gabriel voyageait avec son ami Camil Laflamme qui l'avait sauvé in extremis lors de sa première mission d'éclaireur. Le métis buvait à en perdre connaissance. Son ami le ramenait vers leur gîte en le soutenant de peine et de misère.

Un soir, ils allèrent prendre une bière dans un bar illuminé du quartier des Champs-Élysées. Le garçon leur apporta d'autres consommations alors qu'ils n'avaient pas terminé leur premier verre.

– Messieurs, c'est pour vous. De la part du gentilhomme au bar.

Camil jeta un œil oblique à son ami :

– C'est ben la première fois que je me fais payer un *drink!* Ça prend ben des Français pour avoir des coutumes de même! Y nous prend-tu pour des filles?

Gabriel, poli, se leva pour aller remercier l'homme qui, sans plus de manières, s'invita à leur table. Le coup classique du parler français d'outre-mer. L'inconnu voulait les écouter, entendre les mots «charmants» sous leur accent de terroir. Il portait un costume de qualité, des bagues brillaient à ses doigts. Il était riche, cela se voyait.

– Et il y a des Indiens chez vous?

Lorsqu'il sut que Gabriel était Abénaquis par sa mère, il devint attentif, un loup aux aguets. Le métis sentit un malaise, il ne sut quelle partie de lui le mettait en garde. L'alcool aidant, il oublia son malaise et se prit d'un verbiage effréné devant la curiosité de l'homme qui se prénommait Marcel. Il raconta son séjour auprès des Algonquines du lac Abitibi, la rigueur de la vie en forêt, la simplicité des nouveaux territoires sauvages; parla en algonquin. Il devenait poète et ses mots se gravaient sur les pierres de la Ville lumière.

Il entendait le rugissement des eaux du lac quand il faillit s'y noyer, la rocaille dans la voix de la vieille Zagkigan Ikwè, le voile dans celle de Wabougouni. Oui, il portait le sang des Amériques, de ses premiers habitants.

Marcel les invita dans un restaurant aux tapis de velours. Le vin rubis, rond, puissant, flattait le palais. Gabriel était dans cet état d'euphorie qu'il recherchait depuis la fin des hostilités. Camil sut que ce serait une autre nuit de démesure pour son ami. Il se leva après le dernier digestif.

– Je vais me coucher. Tu viens, Gab?

L'homme protesta, il était encore tôt, ils iraient dans une boîte, il leur montrerait des coins de *Paris by night*... Le métis choisit de rester, et Laflamme les quitta. Il se dit que son *chum* était bien assez grand pour retrouver son chemin et prendre soin de lui-même. Aussitôt Camil parti, Marcel invita Gabriel à boire un *drink* chez lui.

24

Le lendemain matin, le métis ouvrit les yeux sur un décor luxueux. Il ne savait plus où il était, se souvint vaguement de la soirée précédente. Quand son corps commença à ressentir les douleurs, il fut atterré. D'abord la tête qui voulait exploser, une pulsation au rythme de son sang; puis son rectum qui brûlait, qui chauffait comme s'il avait été tisonné. Un godemiché traînait par terre. Il retint son souffle, écouta les bruits autour, rappela son flair abandonné sur le terrain des combats.

Il porta la main en arrière, là où il sentait une meurtrissure nouvelle. Il saignait, sentait le sperme fétide mêlé à une substance gélatineuse. Il vit les draps souillés, et compris que l'homme s'était servi beaucoup, toute la nuit, à la mesure de son désir. Alors la colère monta. Insoutenable, d'une puissance si pure qu'elle pouvait stagner en lui pour toujours. Il vivait la face noire de l'amour, celle de la trahison, de la confiance piétinée, plus forte que la haine, plus profonde que le goût de tuer pour survivre.

Il marcha dans toutes les pièces, nu, son poignard serré contre lui, de son pas silencieux lorsqu'il devait débusquer le nazi. Personne. Il était seul. Il s'accroupit pour faire ses besoins sur le moelleux du tapis recouvrant le salon, pour se vider de cet individu, étala sa merde partout, là où elle allait s'incruster et laisser son odeur. Il pissa. Ensuite il alla se laver, proprement, en gardant un œil sur son arme. Il s'habilla.

Puis il éventra les fauteuils en cuir, le matelas du lit, les oreillers de plumes, découpa les rideaux de brocart et de dentelle, les draps de soie, les tapis d'Orient, les dizaines de beaux habits et les chemises de la garde-robe, coupa les cravates avec le même geste que l'éclaireur tranchant le cou des soldats ennemis pris par surprise. Il égratigna les meubles en bois précieux, y planta le couteau, cassa les bibelots de porcelaine chinoise, les vitraux sur les portes, lança sur les murs les bouteilles millésimées, renversa le buffet avec la vaisselle de Limoges. Quand il leva les yeux vers les tableaux de maîtres, il hésita, le bras en l'air, la lame prête à crever la toile. Il respirait par à-coups, les entrailles battantes et le cœur fou. Après un long moment, sa main retomba. Il glissa le poignard à sa ceinture, prit sa veste et s'en alla sans se retourner.

Il n'avait pas touché à la bibliothèque ni aux livres.

25

Plaies suintantes, purin qui transpirait, tombant goutte à goutte sur la zone dévastée de son âme, Gabriel buvait. De retour au pays, sa pension militaire en poche, il végétait dans la grande ville aux prises avec une ivresse qui ne se terminait jamais, car il enfilait verre après verre. Ne se lavait plus. Dormait à peine. Mais écrivait beaucoup.

Je suis de ceux qui reviennent de l'enfer
L'enfer des tranchées, des bombes, des
chairs explosées
L'enfer des hommes, pire que celui du diable
ou de Dieu
Qui a dit que l'honneur était au bout du
fusil?
Mensonges, leurres, duperies!
L'horreur gîte en nous, ceux qui reviennent
Collée à nos bottes, une boue immonde
Et éclabousse nos nuits trop longues et trop
noires
Obstrue nos yeux qui ne voient plus le soleil

Pourtant son territoire intime s'était élargi, son regard portait plus loin d'avoir franchi la mer, d'avoir marché sur un autre continent, d'avoir touché aux pierres de cathédrales moye-nâgeuses. Malgré sa chute dans les abysses du désespoir, d'avoir contribué au rituel primitif et sacralisé de la guerre, il était placé du côté des vainqueurs. Il s'accrocha à cette pensée, afin de ne pas glisser définitivement dans la fosse de la honte, du sentiment d'avoir été altéré, dénaturé, d'avoir été un assassin sur commande. Il chercha à s'enraciner sur la terre qu'il sentait hors de portée par l'ivresse ; sa densité première, celle qu'il avait avant la guerre, n'était plus là. Volatilisée. Il se sentait fracturé et eut peur de perdre la raison quand, dans un demi-sommeil, une araignée noire s'agrippa à son plexus, entravant son souffle. Il hurla.

Puis lui apparut cette jeune fille, femme de chambre de cet hôtel minable où il créchait pour une somme modique. Ses mains étaient rougies par les lavages, son visage quelconque, sans beauté ni attrait. Sauf qu'elle était éclairée par une lumière intérieure et sa chevelure d'un blond vénitien créait une aura d'automne autour de sa tête. Un matin, alors qu'il buvait déjà une bière, elle s'adressa à lui :

– Monsieur, vous ne devriez pas vous faire du mal comme ça...

Le métis lui sourit, étonné par l'audace de cette petite fille qui devait avoir à peine seize ans.

– Ah ! Tu penses que c'est pas bien de boire de même ?

Il se laissa faire. Elle lui apportait du bouillon de poulet au début, puis au fil des jours de la nourriture solide. «Un ange roux!» pensa-t-il. Wabougouni! Pourquoi était-ce elle, l'Algonquine aux cheveux de feu, qui venait en sa mémoire lorsque l'humanité se pressait contre lui? Ainsi cette fillette qui, sans raison ni attente, l'aidait à revenir vers l'espace aérien de l'espoir. Car elle avait réussi à le dissuader de boire et l'avait convaincu de retourner en son pays, vers le lac Abitibi qui coulait en son sang, ses flots véhéments résonnant à ses oreilles.

Abitibi, avec ton ventre en or
De granit de début du monde
Je te porte en mon espérance   telle une
guérison
Abitibi, ton lac aux espaces nus et infinis
En ce jour   tu m'appelles et j'accours
J'accours vers ton corps de mère
Tes mains dures et froides   pourtant plus
douces
Que l'ambition des hommes et leur folie...
Sera-t-elle encore debout sur le rocher
Celle qui vit là-bas   celle que je n'espère pas
Ne serait-ce que pour la revoir de loin
Ce tison fauve   camouflé sous une robe
rouge sang

26

C'était l'hiver. Les bruits de la guerre, sa furie sans but, continuaient à tourmenter les nuits de Gabriel. Il avait acheté des chiens, un traîneau. Il sanglait les victuailles, ajustait des ballots protégés d'une toile d'étoffe rude, ficelait la carabine dans sa gaine et bouclait le sac à dos contenant les pièges. Il encouragea les bêtes, vérifia les licous. L'aube débusquait les ombres lentement, avec douceur. L'attelage s'engagea sur la piste qui menait à la rivière Attigameg en direction du lac Abitibi.

Au magasin général, il avait fait noter de la farine, du café, du thé, du tabac, du sucre, du sel, de la graisse. Des quantités pour deux personnes. Il ajouta du tissu coloré, du fil, des aiguilles à coudre. À payer au printemps prochain. Madame Pomerleau ne dit mot. Il laissa son barda de soldat en évidence chez son oncle Pierre-Arthur, afin de l'assurer de son retour à la vie. Il déposa sur la table ses médailles et une photo prise lors de son retour au pays.

Le soir de son arrivée, il était allé voir son ami Leclerc, qui tenait encore le bar de l'hôtel et qui lui donna les nouvelles fraîches. Il fut étonné par le refus du métis de prendre une consommation alcoolisée.

– Tu bois de la liqueur, astheure? Bonyenne! Ça t'a pas fait d'aller dans les vieux pays?

Il apprit que Rose-Ange attendait son second bébé et qu'elle semblait heureuse avec son docteur. Que son oncle Pierre-Arthur s'était blessé à la jambe d'un coup de hache et qu'il avait choisi d'aller travailler dans les cuisines du chantier à Napoléon plutôt que de partir à la trappe. Que de nouvelles familles aménageaient, les vétérans se mariaient à tour de bras, le village s'étendait. Que la belle Maria avait finalement consenti à se marier avec un de ses clients: il était amoureux d'elle depuis longtemps, et puis elle vieillissait. D'un sujet à l'autre, il apprit que la vieille Zagkigan Ikwè était morte, l'année dernière, et que Wabougouni était veuve. Gabriel sentit son cœur partir au triple galop.

– Aussi bizarre que c'en a l'air, le vieux McTavish est parti quelques mois après la vieille, on dirait ben qu'elle l'a emporté dans la tombe. La belle rousse est seule et on dit qu'elle attend quelqu'un. Le monde dit toutes sortes d'affaires... en tout cas, elle serait restée à la Pointe-aux-Pins, depuis le début de l'hiver, avec sa fille.

Les chiens haletaient, couraient sur la nouvelle neige vers la presqu'île de Wabougouni. Ils poussaient des reins, excités par le fouet qui cinglait l'air glacé au-dessus de l'attelage.

– WOUSH! WOUSH! criait Gabriel. WOUSH, TAÏGA!

Il pressait le meneur, un chien-loup de race. Taïga accéléra l'allure, tirant sur les autres chiens, les obligeant à son rythme. La flamme d'un renard au loin traversait la baie, à peine un tressaillement sur l'équipage de bêtes qui bondissait dans la lumière. Le sang frappait contre les artères de Gabriel, trop étroites pour contenir sa joie, sa hâte de revoir la beauté, de sentir la chaleur de sa peau sur la sienne, de humer l'odeur piquante de ses cheveux, d'étreindre cette force qu'elle portait sur elle, en elle. Le froid mordait les joues du métis, le soleil giclait sur la blancheur du pays retrouvé, son chatoiement l'aveuglait; il baissa le rabat de son chapeau de fourrure sur ses paupières. Il arriva à l'embouchure de la rivière et sauta sur l'immensité glacée du lac Abitibi. Il filait comme une comète vers la terre. Car il s'agissait bien de cela. D'un retour vers la terre, après la défaite des rêves de gloire, croûtes mortes qui s'envolaient au vent de la certitude d'être sur la bonne voie. Le métis sentait ses blessures se cicatriser au fur et à mesure que la distance entre lui et sa bien-aimée se réduisait.

Il savait en ce moment précis qu'elle avait été la véritable déchirure, la plaie qu'il portait depuis la scène sur la roche, où elle pleurait et souriait à la fois. Où il avait reçu l'amour, le vrai, en plein ventre.

– WOUSH! WOUSH, LES CHIENS! YAAHHH! TAÏGA!

Les chiens gardaient la cadence, leurs pattes lévitant sur la surface du lac qui craquait parfois, mais Gabriel savait qu'il supporterait le poids de l'attelage. Enfin, une odeur de fumée se plaqua sur son visage : elle serait là au chaud de son abri. Il vit la forêt de pins qui coiffait la presqu'île, leur faîte dansait sous le grand vent. Il franchit la pointe qui le cachait du campement, releva son chapeau, cria dans l'immensité :

– WABOUGOUNI! WABOUGOUNIIIIIII!

Wabougouni sourit quand sa fillette aux joues rebondies ouvrit des yeux étonnés en entendant cette voix lointaine appeler sa mère. Lorsque Zagkigan Ikwè était à l'agonie, une dernière vision s'était imposée à elle : le métis était vivant, il reviendrait au cours du prochain hiver. Frank connaissait l'aventure de sa femme avec Gabriel, savait qu'elle était amoureuse de lui. Il était de la même trempe que la vieille et son mari, le manchot : un homme généreux, compréhensif. Il était prêt à céder sa place auprès de Wabougouni advenant le retour du soldat.

À l'automne, lors de la dispersion de la bande vers les territoires d'hiver, la jeune femme n'avait pas démonté sa tente, ni préparé son bagage. Comme elle était veuve, sans famille, son amie Lilush et son compagnon l'avaient invitée à partir avec eux. Elle avait refusé. Les membres du clan avaient tous déposé à sa porte le bois pour chauffer qu'ils laissaient sur place. Elle se nourrissait de petits gibiers, de lièvres et de perdrix; elle avait creusé des trous sur la glace et y pêchait à la ligne dormante.

Elle marcha vers la butte qui surplombait la plage couchée sous la neige, avec sur ses épaules un manteau blanc en peaux de lièvres tressées. Ses cheveux roux en cascade voletaient dans le vent qui jouait sur elle. Calme et souveraine, elle ne bougea point et attendit, l'enfant derrière elle. Gabriel lâcha les brides et sauta du traîneau encore en mouvement, courut vers elle, grimpa sur ses mains et sur ses genoux le monticule, sentit le froid pénétrer dans ses mitaines, entendit le gloussement dans la bouche de Wabougouni qui, vorace, l'embrassa comme aucune femme ne l'avait fait. Le rire de la petite fille éclata dans la fraîcheur du jour.

Amik: Castor.

Anishnabegs: Algonquins.

Apinoudish: Petit enfant.

Appittippi saghigan: Du lac Abitibi.

Attigameg: Poisson blanc. Nom d'origine de la rivière La Sarre.

Bannique: Pain à base de farine et de levure.

Djoudjou: Sein, mamelle.

Egoudèh: C'est ainsi

Egunen ka nustomin: Que fais-tu?

Iskoudè: Feu.

Kakewidgikisis: Mois de la marmotte.

Kawin: Non. *Awen Kin*: Qui es-tu?

Kitzi kiztaw: Il va réussir.

Kitzi nibou: Il va mourir.

Kitzi Ogima: Le grand chef.

Koukoudji: Monstre cannibale.

Kwé: Bonjour.

Mitik: Bois.

Mitikgouji: «Coupeur d'arbre», nom donné aux Français et aux Québécois.

Nibish: Feuille.

Nibishabou: Thé.

Nodaway: «Étranger», nom donné aux Iroquois.

N'skoumiss: Ma petite-fille.

Piéshish: Petit Oiseau.

Pishan: Viens.

Poukashagan: Pain.

Shaguenash: Anglais.

Wabou: Liquide, tisane.

Wiass: Viande.

Les tiens, Claude-Andrée L'Espérance

L'invention de la tribu, Catherine-Lune Grayson

Détour par First Avenue, Myrtelle Devilmé

Éloge des ténèbres, Verly Dabel

Impasse Dignité, Emmelie Prophète

La prison des jours, Michel Soukar

Coulées, Mahigan Lepage

Maudite éducation, Gary Victor

Je ne savais pas que la vie serait si longue après la mort, collectif dirigé par Gary Victor

Jeune fille vue de dos, Céline Nannini

L'OUVRAGE *L'AMANT DU LAC*
DE VIRGINIA PÉSÉMAPÉO BORDELEAU
EST COMPOSÉ EN BOOKMAN CORPS 11.5/14.

IL EST IMPRIMÉ SUR DU PAPIER ENVIRO 100,
CONTENANT 100%
DE FIBRES RECYCLÉES POSTCONSOMMATION
EN MAI 2013
AU QUÉBEC (CANADA)
PAR MARQUIS IMPRIMEUR
POUR LE COMPTE DES ÉDITIONS MÉMOIRE D'ENCRIER.